SAUERLÄNDER

© privat

Mike Revell studierte Kreatives Schreiben in Essex, England, und arbeitet als Sportjournalist. Er lebt mit seiner Freundin und seinem Hund in der Nähe von Cambridge, England. ›Wundervogel‹ ist sein erstes Kinderbuch.

Weitere Informationen zum Kinder- und Jugendbuchprogramm der S. Fischer Verlage finden sich auf
www.blubberfisch.de und *www.fischerverlage.de*

Mike Revell

Wunder vogel

Aus dem Englischen von
Katharina Orgaß

SAUERLÄNDER

MIX
Papier aus verantwortungsvollen Quellen
FSC® C083411

Erschienen bei FISCHER Sauerländer

Die englische Originalausgabe erschien 2016
unter dem Titel ›Stonebird‹ bei Quercus, London

Für die deutschsprachige Ausgabe:

Hedderichstr. 114, D-60596 Frankfurt am Main
Umschlaggestaltung: Suse Kopp, Hamburg,
unter Verwendung einer Illustration von Frances Castle
Lektorat: Carla Felgentreff
Satz: Pinkuin Satz und Datentechnik, Berlin
Druck und Bindung: CPI books GmbH, Leck
Printed in Germany
ISBN 978-3-7373-5374-8

Für Molly Ward,
die ich nie vergessen werde.
Und für Jade.
Sie hätte dich bestimmt ins
Herz geschlossen.

1

Alles fängt mitten in der Nacht an.

Als Erstes schaue ich immer auf mein Handy, weil ich davon normalerweise aufwache. Weil der Wecker klingelt oder weil Sam oder Dave mir geschrieben haben. Aber das Display ist schwarz.

Ich setze mich auf und reibe mir die Augen.

Durch das halb offene Fenster weht ein kalter Windstoß herein und lässt die Vorhänge flattern. Ich krabble quer über das Bett und angle nach dem Griff. Die Fenster in diesem Haus sind alt und klemmen, man muss sie mit einem Ruck zuziehen. Ich versuche, keinen Lärm zu machen, aber es knallt trotzdem. Mit angehaltenem Atem lausche ich, ob sich in Mums Zimmer etwas rührt, doch alles bleibt ruhig.

Sie schläft.

Im Mondschein werfen die Möbel blasse Schatten, die über die Wände huschen. Ich erschauere, rede mir aber ein, dass das nichts zu bedeuten hat. Ich bin bloß müde, das ist alles. Es ist erst unsere vierte Nacht hier, und ich habe seit Tagen nicht mehr richtig geschlafen.

Jetzt habe ich Albträume und höre überall Geräusche. Am vernünftigsten wäre es, einfach wieder ins Bett zu gehen.

Stattdessen bleibe ich am Fenster stehen und ziehe die Vorhänge auf – und da sehe ich ihn.

Einen riesigen schwarzen Umriss in der Dunkelheit, ein gelbes Aufleuchten.

Der Umriss schwebt über den Garten, verschmilzt kurz mit den Bäumen und fliegt dann in Richtung der verfallenen Kirche.

Mir läuft wieder ein Schauer über den Rücken, aber nicht, weil mir kalt ist.

Am Tag unseres Einzugs habe ich die Kirche zum ersten Mal gesehen, und seither sehe ich sie jeden Tag, bin aber noch nie reingegangen. Sie steht geduckt auf einer Anhöhe am Ende der Straße. Einige Fenster sind mit Brettern vernagelt, die Mauern bröckeln. Mum sagt, früher war die Kirche ein prächtiger Anblick. Grandma hat dort als junge Frau im Chor gesungen, sagt sie. Jetzt ist auf einer Seite des Gebäudes ein Gerüst aufgebaut, aber sogar das sieht verlassen aus. Es muss ewig her sein, dass dort ein Gottesdienst stattgefunden hat.

Trotzdem, das seltsame Wesen – was immer es war – ist geradewegs darauf zugeflogen.

Vielleicht schlafe ich ja noch, und das Ganze ist nur ein Traum.

Ich ziehe die Vorhänge rasch wieder zu und schlüpfe zurück ins Bett.

Das hast du dir nur eingebildet, rede ich mir gut zu. *Denk dir nicht dauernd irgendwelchen Unsinn aus.*

Am liebsten würde ich das Licht anknipsen. Am liebsten würde ich die Zimmertür aufmachen und offen lassen, damit ich gleich sehe, wenn jemand – oder etwas – hereinkommt. Aber Mum sagt, ich bin jetzt der Mann im Haus, und das bedeutet, dass ich mich nicht mehr wie ein Kleinkind benehmen darf und erwachsen werden muss.

Darum hole ich nur tief Luft, ziehe die Bettdecke bis unters Kinn, schaue an die Zimmerdecke und zähle die Risse.

Warte darauf, dass es Morgen wird.

2

Am nächsten Tag entdecke ich das Tagebuch.

Es liegt in einem Karton unter dem ganzen alten Krempel in der Garage.

Kennst du das, wenn die Erwachsenen glauben, du bist noch zu klein, um irgendwas zu verstehen, und die ganze Zeit mit dir reden wie mit einem Baby, so dass du sie am liebsten anbrüllen würdest, was man aber nicht darf, weil man ja Respekt vor Älteren haben muss?

Genauso geht es mir jetzt.

»Hier wird es im Handumdrehen noch schöner aussehen als in unserem alten Haus«, sagt Mum. »Versprochen.«

»Ich verstehe trotzdem nicht, warum wir unbedingt umziehen mussten.« Ich wühle in einer Tüte mit alten Zeitungsausschnitten. »Grandma hätte doch auch einfach in unsere Nähe ziehen können.«

»Stimmt«, sagt Jess.

Mum hört auf, Kartons herumzuschieben, und sieht uns ärgerlich an, aber dann wird ihr Blick wieder sanfter.

»Grandma hat ihr ganzes Leben hier in Swanbury verbracht. Sie kann sich jetzt nicht noch mal umstellen.«

Beinahe hätte ich erwidert: *Sie würde doch gar nicht mitkriegen, dass sie umgezogen ist*, aber ich will Mum nicht aufregen – auch wenn es ihr anscheinend egal ist, ob ich mich aufrege und wie es mir geht. Ich mochte unser altes Haus nämlich sehr gern. Ich hatte das schönste Zimmer von allen, und unser Garten war so groß, dass Daisy richtig darin herumrennen konnte. Dieses Haus hier ist viel kleiner. Für Grandma und Grandpa hat es gereicht – die beiden haben sowieso die ganze Zeit nur in ihren Sesseln gesessen und Fernsehen geguckt, und sie mussten auch nicht die laute Musik meiner Schwester ertragen, die durch alle Wände schallt.

»Das hatte ich ganz vergessen.« Jess hält ein Foto hoch.

Das Bild muss uralt sein, weil ich darauf noch ganz klein bin. Es zeigt Grandma und Grandpa, wie sie mit Mum, Jess und mir im Pub hier in Swanbury sitzen und bei einer Theateraufführung zuschauen.

Ich schiele zu Mum hinüber. Hat sie das Foto gesehen?

Denn das Bild zeigt auch Dad, der angerannt kommt, damit er mit drauf ist, wenn der Selbstauslöser klickt. Wenn Mum ihn auf einem Foto sieht, wird sie manchmal ganz still, und die Tränen laufen ihr übers Gesicht.

Sie nimmt Jess das Foto aus der Hand, und ihre Augen schimmern verdächtig.

»Was für ein schönes Bild«, sagt sie.

Dann lächelt sie, und mir fällt ein Stein vom Herzen.

Sie hat uns zwar erzählt, dass wir nach Swanbury ziehen, damit wir näher bei Grandma sind, aber Jess glaubt, dass wir wegen Dad umgezogen sind. Er ist zwar schon seit sieben Jahren nicht mehr da, aber in unserem alten Haus hat man ihn noch überall gespürt.

Als Dad gegangen ist, hat Mum uns versichert, dass sich nichts ändern würde. Dass sie immer für uns da sein und gleichzeitig unsere Mutter und unser Vater sein würde.

Aber Dad ist zu seiner Freundin nach Australien gezogen, und ich kann nur noch über Skype mit ihm sprechen. Und jetzt sind wir in dieses schäbige alte Haus gezogen, tausend Meilen weit weg von meinen besten Freunden Sam und Dave, und ich muss auf eine neue Schule gehen, wo ich niemanden kenne und bestimmt den ganzen Tag allein irgendwo rumstehe, weil keiner mit mir redet.

»Hilfst du mir mal?«, fragt Mum.

Wir schleppen einen Karton aus der Garage und stellen ihn zu den anderen aussortierten Kisten. Ich habe Mum gefragt, warum wir das ganze Zeug nicht einfach wegschmeißen, aber sie meinte, dass irgendwelche Verwandten die Sachen vielleicht noch mal durchsehen wollen und wir sie deswegen aufheben müssen.

»Hast du schon irgendwas entdeckt, was du gern haben würdest?«, fragt sie, als wir uns einen Weg durch das Durcheinander bahnen.

»Noch nicht.«

Als wir eingezogen sind, haben wir uns als Erstes die ganzen alten Sachen vorgenommen. Mum meinte, wenn wir irgendwas finden, was uns an Grandpa erinnert, oder an Grandma, bevor sie ins Pflegeheim gekommen ist, dürfen wir es behalten.

Ich öffne den nächsten Karton und spähe hinein. Noch mehr Zeitungen, noch mehr Fotos, aber alte, schwarzweiße. Ganz unten liegt ein in rotes Leder eingebundenes Album.

Das Tagebuch.

Auf den Deckel ist eine Zeichnung geklebt: ein großes schwarzes Ungeheuer mit gelb glühenden Augen. Ich halte das Buch hoch, damit Licht auf die Augen fällt, und mir bleibt fast das Herz stehen.

Es ist das Wesen von heute Nacht. Genauso hat es ausgesehen.

»Was hast du da?« Jess guckt mir über die Schulter.

»Nichts. Bloß ein altes Buch.«

Ich tue so, als würde ich das Album wieder in den Karton zurücklegen, und stecke es dann rasch in die Vordertasche meines Kapuzenpullovers.

Keine Ahnung, warum. Ich will es mir einfach noch

mal in Ruhe anschauen. Mum und Jess haben sich schon haufenweise schöne Sachen ausgesucht, und ich habe noch gar nichts gefunden, aber wenn Jess das Album sieht, will sie es vielleicht auch noch haben.

Irgendwann machen wir Schluss, weil Abendessenszeit ist.

Mum geht in die Küche und singt beim Kochen vor sich hin, und Jess belegt den Fernseher, darum gehe ich mit dem Album hoch in mein Zimmer. Ich setze mich aufs Bett und schaue es mir erst noch mal von außen an, wobei ich aufpasse, dass die Zeichnung nicht verwischt. Das Leder ist ganz zerschlissen. Wahrscheinlich hat das Album schon ewig in dem Karton gelegen, denn Grandma ist im Heim, seit ich denken kann. Und ich bin elf – das ist also schon ganz schön lange.

Ich schlage das Album vorsichtig auf und betrachte die erste Seite.

Tagebuch von Margaret Williams, 13 Jahre
STRENG GEHEIM

Grandma hieß früher mit Nachnamen Williams – sie muss das geschrieben haben. Heißt das, sie hat auch das Bild auf dem Umschlag gezeichnet? Ich kann mir nicht vorstellen, dass sie jetzt noch irgendwas zeichnet. Ich war mal dabei, als sie ihren Namen schreiben sollte, und sie hat nur so lange mit dem Füller rumgefuchtelt, bis Mum ihn ihr weggenommen hat. Das ganze Blatt war so vollgekritzelt, dass sie ein neues nehmen mussten.

Dreizehn Jahre – das ist so alt wie Jess. Ich habe mir Grandma noch nie als Kind oder junges Mädchen vorgestellt. Sie ist alt und verschrumpelt und nennt mich immer Robert, obwohl Dad so heißt, und jedes Mal, wenn ich sie besuche, schenkt sie mir ein Pfund, nur nicht an meinem Geburtstag, da schenkt sie mir zwei.

Ich halte den Einband wieder ins Licht. Die Zeichnung gefällt mir gut. Das Ungeheuer ist halb Adler und halb Löwe. Er ist so gekonnt mit Bleistift schattiert, dass er wie eine Steinfigur aussieht. Wie die unheimlichen Figuren, die man manchmal in alten Kirchen sieht, als Köpfe oben an den Säulen. Ein Wasserspeier, ein Gargoyle.

Plötzlich fühlt sich das Tagebuch ganz komisch an. Meine Hand kribbelt, mir wird ein bisschen schwindlig. Nach einem letzten Blick darauf schiebe ich es schnell unter mein Bett.

3

In dieser Nacht kann ich überhaupt nicht schlafen.

Jedes Mal, wenn ich die Augen zumache, sehe ich den Gargoyle, wie er mich aus der Dunkelheit anfunkelt. Sonst drücke ich immer erst zweimal die Snooze-Taste, wenn der Wecker klingelt, aber heute kann ich es kaum erwarten aufzustehen.

»Du siehst aus, als hätte dich 'ne Dampfwalze überfahren«, begrüßt mich Jess, als ich die Treppe heruntergeschlurft komme.

Sie sitzt schon in Schuluniform am Küchentisch. Heute ist ihr erster Tag an der Swanbury-Highschool, da muss sie mit Faltenrock und Blazer und allem Drum und Dran erscheinen. Sie hat ab jetzt lauter verschiedene Kurse, wie Bio und Mathe und so weiter, was bedeutet, dass sie im Gegensatz zu mir nicht den ganzen Tag im selben Klassenzimmer sitzt und denselben Lehrer hat.

»Hast du schlecht geschlafen?«, erkundigt sich Mum.

»Geht so.« Ich zwinge mich zu lächeln. Sie braucht nicht zu wissen, dass ich in diesem Haus jede Nacht schlecht schlafe. Sie hat schon genug Sorgen.

»Das tut mir leid, Schätzchen.« Mum setzt Wasser auf, sieht aus dem Fenster und sagt irgendwas darüber, dass der Garten schrecklich aussieht. Dann dreht sie sich wieder zu mir um. »Ich habe vorhin mit deiner Schule telefoniert. Sie erwarten dich morgen.«

Morgen schon! An die Schule hatte ich überhaupt nicht mehr gedacht. Als Mum mein entsetztes Gesicht sieht, kommt sie zu mir und tätschelt mir tröstend die Schulter.

»Es wird nicht so wie letztes Mal, versprochen.«

Sie meint das Mal, als mich alle »Spinnenbein« genannt und mir tote Fische ins Fach gelegt haben, und als ich zu Jacks Party eingeladen wurde, damit mir die anderen die Tür vor der Nase zuknallen und mich auslachen konnten.

»Es ist eine sehr gute Schule, Grandma hat dort früher unterrichtet. Außerdem bist du ein hübsches, nettes und freundliches Kind«, sagt Mum. »Die anderen Jungs werden sich darum reißen, sich mit dir anzufreunden.«

»Ist schon gut«, sage ich und muss diesmal richtig grinsen, denn wenn Sam und Dave das gehört hätten, hätten sie mich angerempelt und mich Muttersöhnchen genannt. Doch dann vergeht mir das Grinsen wieder, denn mit »nett und freundlich« kommt man in der Schule nicht weit.

Noch ein Tag.

Noch ein Tag, dann muss ich ein Klassenzimmer betreten, in dem sich alle anderen schon jahrelang kennen und ich der einzige Neue bin. Ein Klassenzimmer voller fremder Kinder, die mich anstarren und miteinander tuscheln.

Weil ich mir das nicht noch weiter ausmalen will, sitze ich stumm am Tisch und denke: *rote Pinguine, rote Pinguine, rote Pinguine,* denn das funktioniert hundertprozentig, wenn man sich von irgendwas ablenken will. Nach einer Weile kann ich wieder normal atmen.

Als wir fertig gefrühstückt haben, muss Jess los, damit sie den Bus nicht verpasst.

Daisy wartet vor der Küchentür. Ich gehe mit ihr ins Wohnzimmer, und wir spielen ein bisschen. Ich werfe den Ball, sie bringt ihn mir wieder und lässt ihn vor meine Füße fallen. Dann schaut sie mit großen braunen Augen und schief gelegtem Kopf zu mir hoch und stupst den Ball auffordernd mit der Schnauze an. Ihre Schnauze steht offen, und ihr Schwanz fegt wild über den Boden wie eine Schlange in der Disco. So ist das mit einem Hund wie Daisy. Es kann der schlimmste Tag deines Lebens sein, aber sie bringt dich trotzdem zum Lachen.

Als ich den Ball wieder werfe, rappelt sie sich mit schlitternden Krallen hoch, flitzt los – und bleibt plötzlich stehen. Sie vergisst den Ball, steht einfach da und schaut durch die Verandatür.

»Was ist denn los, Daisy?«, frage ich.

Sie kratzt winselnd an der Scheibe und will raus.

Ich lasse sie in den Garten und will zurück ins Haus gehen und den Fernseher anmachen, als Daisy wieder wie angewurzelt stehen bleibt, diesmal mitten auf dem Rasen. Was hat sie bloß? Nebenan ist eine Kneipe, und die Katze von dort springt manchmal über die Mauer. Wenn Daisy sie sieht, rastet sie aus. Aber ich sehe die Katze nirgends, und Daisy rastet auch nicht aus oder schnüffelt im Gebüsch herum, wo sich die Katze gern versteckt, sondern steht reglos da und starrt zum Dach hoch.

Es ist albern, ich weiß, aber ich bekomme plötzlich Herzrasen.

Ich habe Daisy noch nie so erlebt, noch nicht mal, wenn sie die Vögel am Vogelhäuschen belauert.

»Stimmt was nicht?« Ich strecke den Kopf in die kalte Luft hinaus.

Sie dreht sich nicht nach mir um, schaut nur weiter zum Dach hoch.

»Was ist denn da oben, Daisy?«

Da bellt sie. Sie kläfft wie verrückt und springt hoch in die Luft.

Ich laufe nach draußen, aber sie flitzt schon quer durch den Garten zum Tor, dabei kläfft sie immer lauter. Ich überlege nicht lange und renne einfach hinterher. Wenn sie so außer sich ist, springt sie womöglich über den Zaun und dann …

Ums Haus herum, über die Auffahrt, gleich ist es so weit, das spüre ich. Sie kommt dem Tor immer näher und –

»Nein, Daisy!«

Zu spät.

Nur noch eine kleine Staubwolke hängt über dem aufgewühlten Kies.

Eigentlich müsste ich Mum holen. Aber bis ich wieder zurück bin, ist Daisy vielleicht schon über alle Berge – oder überfahren. Ich wische mir den Schweiß von der Stirn, dann klettere ich kurz entschlossen ebenfalls über den Zaun.

Eine innere Stimme sagt mir, wo Daisy hinwill.

Zur Kirche.

Dann steht die Kirche vor mir, inmitten von kahlen Bäumen. In Gedanken sehe ich wieder das seltsame Wesen vor mir, das unheimliche gelbe Aufleuchten, als es davongeflogen ist. Ist es etwa zurückgekehrt, und Daisy jagt ihm jetzt nach? Auf einmal ist mein Mund ganz trocken. Am liebsten würde ich auf der Stelle kehrtmachen und wegrennen, einfach losrennen und mich nicht mehr umdrehen. Doch da sehe ich einen dunklen Fleck über die Wiese flitzen. Daisy! Ich muss sie einfangen.

Ich laufe schneller, komme aus der Puste. Der Boden auf dem Friedhof ist so holprig, als hätte man die Menschen einfach übereinandergestapelt, bis kein Platz mehr war. Alle Grabsteine sind beschädigt und verwittert, vor keinen einzigen sind Blumen gepflanzt.

Ich mache kurz die Augen zu und stelle mir die kalte, dunkle Leere drinnen in der Kirche vor.

»Daisy?«, zische ich. Ich weiß selbst nicht, wieso ich flüstere.

Nichts. Sie ist verschwunden.

Der Weg führt direkt vor die Kirche. Vor dem Haupteingang ist ein kleiner überdachter Vorbau. Das halb offene schwarze Eisentor schwingt quietschend hin und her.

»Hierher, Daisy!«

Jetzt streckt sie den Kopf durch das Tor, wendet sich aber sofort ab und verschwindet wieder.

Na toll. Ich stoße einen Seufzer aus und trete durch das Tor.

Das Licht von draußen reicht nicht sehr weit in den Vorbau hinein. Ich höre Daisy im Dunkeln umherschnüffeln und mit ihren Krallen über den Boden scharren, gehe den Geräuschen nach, bücke mich blitzschnell und packe sie am Nackenfell.

Gut. Und jetzt nichts wie weg hier.

Aber wo ich schon mal da bin, möchte ich auch reingehen. Ich *muss* reingehen. Muss mich vergewissern, ob ich recht habe.

Mein Herz pocht zum Zerspringen.

Auf Zehenspitzen nähere ich mich der Tür zum Kirchenraum. Als ich auf dem feuchtkalten Holz nach dem Knauf taste, bleibt etwas an meinen Fingern kleben. Es zieht sich in die Länge und reißt – Spinnweben! Das erkenne ich sogar im Dunkeln. Ohne Daisy loszulassen, wische ich mit fest zugekniffenen Augen hektisch über meine Klamotten, dann bekomme ich endlich den kalten Knauf zu fassen und drehe ihn um.

Die Tür öffnet sich mit einem lauten *Klonk*.

Mir bleibt fast das Herz stehen, als etwas Kleines an meinen Füßen vorbei nach draußen auf den Friedhof huscht.

Es ist so ruhig, dass man die Stille fast greifen kann.

»Dann wollen wir mal«, sage ich zu Daisy. Ich klinge mutiger, als ich eigentlich bin.

Ich hole noch einmal tief Luft, lecke mir die trockenen Lippen und gehe hinein.

Staubwolken umhüllen mich. Die Morgensonne dringt durch die Löcher im Dach und scheint auf die Kanzel und die alten Bänke.

Als ich nach oben schaue, stockt mir der Atem. Sie sind überall. Von den Säulen und aus allen Ecken starren höhnische Steinfratzen mit kalten Augen auf mich herab.

Ungeheuer.

Etwas streift mein Bein, und ich unterdrücke einen Aufschrei, aber es ist bloß Daisy. Sie hat sich losgerissen und flitzt quer durch die Kirche. Dabei bellt sie wieder, und die hohen Wände werfen das Echo zurück.

Vor einer niedrigen Tür in der hinteren Wand, die von einer Holzschnitzerei halb verdeckt wird, macht Daisy halt, beschnüffelt sie und knurrt dumpf.

Wahrscheinlich geht es dort zur Sakristei, wo die Leuchter und Abendmahlskelche und so weiter aufbewahrt werden.

»Aus, Daisy!«, flüstere ich. Irgendwie habe ich Angst, dass uns jemand hört, aber als ich mich umschaue, ist niemand da.

Daisy beruhigt sich erst, als ich zu ihr gehe und ihr den Kopf kraule.

Die Tür hat kein Schloss. Ich war schon immer neugierig, wie es in so einer Sakristei aussieht. Aber diese Kirche wird ja nicht mehr benutzt – gibt es da überhaupt noch etwas zu sehen?

Ich hole tief Luft und drücke gegen die Tür, die sofort aufschwingt.

Dahinter ist es so dunkel, dass ich mein Handy als Taschenlampe benutzen muss.

Ich gehe ein Stück in den Raum hinein und halte das Handy in die Höhe. Ein jämmerliches Piepsen ertönt, als säße irgendwo eine Maus in der Falle. Erst als ich merke, dass mein Mund offen steht, begreife ich, dass die kläglichen Laute von mir kommen.

Denn er ist hier.

Direkt vor mir.

Aufgerissene glühende Augen.

Ein langer krummer Schnabel.

Messerscharfe Klauen, die mühelos Knochen durchtrennen können.

Er besteht nicht nur aus Kopf und Schultern wie die anderen Ungeheuer draußen im Kirchenraum, sondern ist größer als ich, sogar größer als Mum. Seine gewaltigen Schwingen streifen die Decke, und er steht geduckt auf muskulösen Löwenbeinen.

Mein Magen krampft sich derart zusammen, dass ich glaube, mich gleich übergeben zu müssen. Mein keuchender Atem geht immer schneller, in meinen Ohren rauscht das Blut. Vorher war es so still in der Kirche, und jetzt ist es auf einmal so laut.

Denn es ist *derselbe*.

Es ist der Gargoyle von letzter Nacht.

Von Grandmas Tagebuch.

Daisy stellt sich vor mich. Sie knurrt jetzt wieder und sträubt das Nackenfell, so dass sie zehnmal größer aussieht, als sie in Wirklichkeit ist. Sie kraust die Schnauze, zieht die Lefzen zurück und fletscht die Zähne. Bellt und bellt.

Aber ich kann den Blick nicht von dem Gargoyle abwenden.

Die Augen.

Sie lodern und flackern im Dunkeln.

Das bildest du dir nur ein, versuche ich mich zu beruhigen.

Der Gargoyle ist aus Stein. Er ist nur eine Statue.

»Komm, Daisy!«, will ich sagen, bringe aber nur ein heiseres Flüstern zustande. Ich sehe mich verzweifelt nach einem zweiten Ausgang um, aber es gibt nur die eine Tür, durch die wir hereingekommen sind, und die ist auf einmal meilenweit weg.

»Daisy!« Diesmal zwinge ich mich, laut zu sprechen. »Komm endlich!«

Ich will mich umdrehen, aber meine Beine gehorchen mir nicht. Der Gargoyle schaut mich direkt an, schaut in mich hinein und geradewegs in mein Herz.

Mach schon, Liam. Lauf weg!

Erst als Daisy jetzt kehrtmacht und losflitzt, erwache ich aus meiner Erstarrung. Ich stolpere hinter ihr her aus der Sakristei, dann renne ich mit weichen Knien und wild klopfendem Herzen durch den Kirchenraum und in den hellen Morgen hinaus, wo ich in Sicherheit bin.

»Wo warst du denn?«, fragt Mum, als ich keuchend ins Haus stürme. »Ich hab dich schon überall gesucht!«

Ich werfe einen Blick über die Schulter, aber da ist nichts. Nichts und niemand.

»Daisy ist über den Gartenzaun gesprungen«, schnaufe ich. »Sie ist weggelaufen.«

Daisy drängt sich an mir vorbei, springt an Mum hoch und will ihr das Gesicht ablecken.

Mums Miene wird weicher. »Na schön«, sagt sie. »Aus, Daisy, aus! Aber nächstes Mal sagst du mir Bescheid, ja? Ich habe mir Sorgen gemacht.«

»Ist gut.«

Sie streichelt mir die Wange und sagt lächelnd: »Hilfst du mir, ein paar Sachen auf den Dachboden zu bringen? Ich will das noch erledigen, bevor ich zu Grandma fahre.«

4

»Ihr müsst nicht mitkommen«, sagt Mum.

Ich schiele zu Jess rüber, aber die sagt nichts.

Dabei sehe ich ihr an, dass sie lieber nicht mitfahren will. Ich eigentlich auch nicht, aber Grandma hat heute Geburtstag, und wenn mich an meinem Geburtstag keiner besuchen würde, fände ich das auch nicht schön. Außerdem bin ich ja jetzt der Mann im Haus, und das heißt wahrscheinlich auch, dass man manchmal etwas tun muss, wozu man keine Lust hat. Mum geht es jedes Mal schlecht, wenn sie Grandma besucht, und ich will nicht, dass es ihr schlechtgeht. Vielleicht hilft es ihr ja ein bisschen, wenn ich mitkomme.

Das Pflegeheim ist ein hässlicher grauer Kasten am Ende einer hässlichen langen Straße. Es nennt sich »Heim«, aber es sieht nicht wie ein Wohnhaus aus, sondern wie ein getarntes Krankenhaus. Schon von draußen riecht es muffig nach Staub und Trockenblumen. Neben der Eingangstür ist ein Feld mit Zahlentasten und einem Knopf, unter dem in Großbuchstaben steht: NOTRUF. Mum tippt 2476 ein, und die Tür öffnet sich automatisch.

»Hier geht's lang«, sagt Mum. »Grandma hat ein neues Zimmer.«

Jess und ich wechseln einen Blick, dann treten wir ebenfalls ein.

Bei meinem letzten Besuch war Grandma noch in einem kleinen Zimmer am hintersten Ende des Gebäudes untergebracht, aber die meisten Leute hier sind uralt, und wenn sie sterben, dürfen die Überlebenden vermutlich in die größeren Zimmer umziehen.

Mum geht voran. Die Deckenbeleuchtung lässt den gewachsten Holzfußboden glänzen und scheint auf die Bilder an den Wänden. Es ist die Sorte Bilder, die man stundenlang anschauen kann und doch nicht rauskriegt, was darauf los ist. Optische Täuschungen. Jess scheinen sie gar nicht aufzufallen, sie stapft ohne anzuhalten vor mir her und macht Kaugummiblasen. Aus den anderen Fluren hört man gedämpftes Reden oder Stöhnen.

Wieder ein Stöhnen, diesmal ganz in der Nähe. Es hört sich wie ein Zombie an, der mich packen und mit Haut und Haar fressen will. Ich werfe einen verstohlenen Blick in das Zimmer, aus dem die Laute kommen. Eine alte Frau grinst mich an. Sie hat keine Zähne mehr, und ihr Gaumen glänzt feucht, als hätten sich Nacktschnecken in ihrem Mund festgesaugt. Ich muss mich zwingen, rasch wegzuschauen.

Vom Dämon besessen.

So nennt es Jess.

Sie behauptet, ein Dämon hat sich in Grandma eingenistet und frisst sie von innen auf. Das ist der Grund, weshalb Grandma sogar vergisst, wer ihre nächsten Verwandten sind, nämlich wir, und mitten in der Unterhaltung plötzlich losbrüllt oder weint. Beim Anblick der zahnlosen Zombiefrau schwirren mir auf einmal lauter Fragen durch den Kopf, die sich nicht verscheuchen lassen.

Sind alle Heimbewohner von einem Dämon besessen?

Ist es bei allen der gleiche Dämon?

Wo leben die Dämonen eigentlich, wenn sie nicht im Kopf eines Menschen sind?

Vor einer grünen Tür bleibt Mum stehen, dreht sich zu uns um und raunt: »Sie hat sich seit eurem letzten Besuch sehr verändert. Die Demenz schreitet rasch voran. Sie kann einer Unterhaltung kaum noch folgen, und ihr Gedächtnis – na, ihr werdet ja sehen. Versucht am besten, euch dran zu erinnern, wer sie früher war. Ihr früheres Ich ist immer noch da.«

Sie klopft an die Tür, aber so beiläufig, wie man es bei einem guten Freund tut – *bap-bap-bap, bab-bab!* –, und geht dann einfach rein.

Das Wesen dort im Bett kann nicht Grandma sein.

Das ist kein Mensch, das ist ein Gespenst.

»Hallo«, sagt Mum munter und geht auf das Bett zu. »Wir sind's nur.«

»Tag, Schwester«, erwidert Grandma.

Es ist komisch, woran sie sich erinnert und was sie vergisst. Ganz lange hat sie uns immer Tee angeboten, wenn wir gekommen sind, und gefragt, ob sie uns die Mäntel abnehmen soll, dabei konnte sie auch da schon nicht mehr aufstehen. Jetzt hat sie anscheinend begriffen, dass sie nicht mehr zu Hause wohnt. Leider hält sie seitdem jeden für eine Pflegerin, manchmal sogar Mum – oder mich.

Ich schaue auf meine Schuhe, schaue überall hin, nur nicht auf das Bett. Das Zimmer riecht nach alter Frau, so wie im Secondhandladen, wenn man dort nach einem billigen Geschenk sucht, das man sich von seinem Taschengeld leisten kann. Auf dem Fensterbrett stehen zwei Blumensträuße, einer von uns und einer vom Haus. Jess steht neben mir, und ich schiele zu ihr rüber, aber sie merkt nichts, weil sie die ganze Zeit Grandma anstarrt.

Ich habe Herzklopfen und muss tief durchatmen. Mum hatte recht. Seit meinem letzten Besuch hat sich Grandma tatsächlich sehr verändert. Ihre Haut ist so faltig wie die Bettdecke, und sie ist winzig klein geworden. Bestimmt könnte ich sie mühelos hochheben wie einen Sack trockener Zweige.

»Wir sind's, Mummy!«, wiederholt Mum lächelnd. »Sue, Jess und Liam.«

Grandmas Blick gleitet von Mum zu Jess und dann zu

mir. Ihre Augenbrauen schnellen in die Höhe, sie starrt mich mit aufgerissenen Augen an. So sieht Daisy aus, wenn man sie aus einem Nickerchen aufweckt.

»Wir wollen dir zum Geburtstag gratulieren!«, sage ich und zwinge mich, ebenfalls zu lächeln, so breit, wie ich kann. Ich lächle so lange, bis mir der Kiefer weh tut.

»Oh!«, sagt sie. Ihr Blick huscht durchs Zimmer und bleibt am Nachttisch hängen. Vier Karten stehen darauf, große Glückwunschkarten mit so riesiger Schrift, dass man sie auch ohne Fernrohr vom Weltraum aus lesen könnte. »Ich habe ja heute Geburtstag.«

»Das ist für dich.« Jess tritt einen Schritt vor und überreicht Grandma eine selbstgemalte Karte. Sie hat mit Bleistift ein Porträt von Grandma gezeichnet und unten drunter mit Buntstiften *Herzlichen Glückwunsch* geschrieben. Sogar ich muss zugeben, dass ihre Karte tausendmal schöner als die gekauften aussieht. »Hab ich heute im Kunstunterricht gemacht.«

Knochige weiße Hände recken sich aus dem Bett und greifen nach der Karte. Grandma hält sich die Zeichnung ganz dicht vors Gesicht und betrachtet sie konzentriert wie ein Wimmelbild, auf dem man eine bestimmte Figur finden soll. Dann reißt sie den Mund weit auf, schiebt die Zeichnung in die gähnende schwarze Öffnung, beißt hinein und kaut. Jess stößt einen erschrockenen Laut aus und weicht zurück, weiß nicht, was sie machen soll, und ich muss lachen, auch wenn das gemein ist und sich nicht gehört.

»Nein!«, sagt Mum energisch. »Das ist nichts zum Essen. Das ist eine Geburtstagskarte!« Sie nimmt Grandma die Karte weg und hält sie ihr vor die Augen. Die zerkauten Ränder sind nass von Spucke, die Schrift ist so verwischt, dass nur noch das *Herzlichen* zu lesen ist.

»Wie hübsch!« Grandma streckt die magere Hand aus und will die Karte wieder an sich nehmen. Ihr Mund öffnet und schließt sich, öffnet und schließt sich.

»Nein, das ist nichts zum Essen«, wiederholt Mum, aber diesmal in freundlicherem Ton.

Plötzlich sehe ich einen Fisch vor mir, einen großen Goldfisch mit Grandmas Gesicht, der aus dem Wasser springt, und ich muss mir das T-Shirt in den Mund stopfen, um nicht wieder loszulachen. Jess wirft mir einen strafenden Blick zu, so nach dem Motto: *Reiß dich zusammen!* Sie tut streng und erwachsen, dabei ist sie bloß sauer wegen ihrer Zeichnung.

»Und Liam hat dir Pralinen gekauft«, wechselt Mum das Thema. »Möchtest du eine?«

Grandmas Miene hellt sich auf. »Zwei! Wenn ich schon mal Geburtstag habe.«

Ich betrachte die Schachtel in meiner Hand. Mum meinte, ich soll Trüffel kaufen, weil die nicht einzeln eingewickelt sind. Letztes Weihnachten haben wir Grandma auch Pralinen geschenkt, und Grandma hat sie mit dem Papier und allem Drum und Dran aufgefuttert.

Ich ziehe die Klebestreifen ein bisschen vom Geschenkpapier ab, damit Grandma die Schachtel leichter auspacken kann. Dann gebe ich sie ihr, und sie hält sie sich vors Gesicht.

»Komm, ich helfe dir«, sagt Mum. »Du hältst sie verkehrt rum.«

Sie öffnet die Schachtel. Kaum hat sie den Deckel abgenommen, erfüllt Schokoladenduft das Zimmer und überdeckt den Mief nach alten Klamotten und verstaubten Büchern.

»Weiße Schokolade!«, sagt Grandma. »Die ess ich am liebsten.« Sie nimmt sich eine Praline, steckt sie in den Mund und ist einen Augenblick lang ganz selig. Sie kaut ewig darauf herum, dann nimmt sie sich die nächste. Sie lacht uns an, und jedes einzelne Fältchen in ihrem blassen, runzligen Gesicht strahlt wie die Sonne.

Mum zieht sich einen Stuhl ans Bett. »Wie geht's dir denn so?«, fragt sie.

Die Sonne erlischt schlagartig. Grandmas Unterlippe zittert, ihre Augen füllen sich mit Tränen. Sie ist auf einmal so weit weg, als ob sie in einer tiefen Höhle sitzt, in die wir nicht reinkönnen.

»Bitte holt mich hier raus!«, wimmert sie. »Hier ist es schrecklich. Hier ist es so schrecklich!«

Mum umklammert ihre Hand. Grandma ist so klein, und ihre Augen sind so groß und halten Mums Blick fest, als Mum sich über sie beugt. Ich schaue Jess an und sie mich, und dann schauen wir beide weg und auf den Boden.

Wie kann man sich von einer Sekunde zur nächsten so verändern?

»Ist ja gut«, sagt Mum tröstend.

Tränen tropfen auf Grandmas Nachthemd und durchweichen die Toastkrümel und Marmeladenflecken. Ich wische mir die schweißfeuchten Hände an der Jeans ab und gehe zum Fenster. Der Garten leuchtet in bunten Farben, rot und blau bepflanzte Blumenbeete und auf der Wiese knallgelber Löwenzahn.

»Was für herrliches Wetter«, sage ich, um Grandma abzulenken, und lächle wieder, bis mein Kiefer schmerzt.

»Stimmt«, geht Mum darauf ein. »Und ich wünschte, unser Garten wäre halb so gepflegt wie dieser hier.«

Grandma blinzelt. Ganz kurz sieht es aus, als würde sie gleich auch lächeln und eine Bemerkung über das schöne Wetter oder die Blumen machen, aber dann verzieht und verzerrt sich ihr faltiges Gesicht, und sie richtet den knochigen Zeigefinger wie einen Dolch auf meine Brust.

»*Raus hier!*«, kreischt sie mit so schriller, böser Stimme, dass es überhaupt nicht zu so einer zerbrechlichen kleinen Person passt. »*Raus hier*, sonst bring ich dich um! Wär nicht das erste Mal!«

»Ganz ruhig!«, sagt Mum und will sich wieder über sie beugen, aber Grandmas Worte hallen in der beklommenen Stille nach, und sie zieht den gekrümmten Finger nicht zurück.

Ich bring dich um!

Wär nicht das erste Mal!

Ich suche in dem wutverzerrten Gesicht nach meiner Grandma. Hundert Gedanken schießen mir durch den Kopf, aber in meinen Ohren schrillt immer noch ihr »*Raus hier!*« und lässt jeden von ihnen in hundert weitere zerspringen.

Mum drückt Grandmas Hand. »Wir sind's doch!«, sagt sie leise, aber so beschwörend, als wollte sie es Grandma einhämmern. »Ich bin's, Sue!«

»Ach, Sue«, erwidert Grandma jammernd, blinzelt wieder und wendet sich endlich von mir ab. Ich schiebe mich im Rückwärtsgang vom Bett weg, stelle mich hinter Jess und hoffe, es fällt keinem auf, dass ich mich hinter meiner Schwester verstecke. Dann wundere ich mich, warum Jess zittert, bis mir auffällt, dass ich es selbst bin. »Meine liebe Sue.«

Eine Pflegerin streckt den Kopf ins Zimmer. »Alles in Ordnung?«

Nein. Meine Großmutter ist von einem Dämon besessen. Überhaupt nichts ist in Ordnung.

Ich habe ihn gesehen. Ich habe den Dämon in Grandmas Augen gesehen, den Dämon, der in ihr wütet und sie in dieses Wesen auf dem Bett verwandelt, das nichts mehr mit der Grandma auf Jess' Karte zu tun hat.

»Ja danke«, sagt Mum, »alles ist bestens.«

Aber als sie schließlich aufsteht, mich an der Hand nimmt und zur Tür zieht, sehe ich, dass sie Tränen in den Augen hat. Sie wischt sie rasch mit dem Ärmel weg und verschmiert dabei ihre Wimperntusche, schnieft ein bisschen und sagt kein Wort mehr. Nicht, als wir das Pflegeheim verlassen, und nicht mal, als draußen ein alter Mann mit einem Gehgestell auf uns zukommt und fragt: »Haben Sie den Elefanten gesehen?«

5

Der Motor springt mit lautem Brummen an.

Mums Augen im Spiegel lächeln nicht. Ich kenne diesen Blick schon. *Sprich mich bloß nicht an!*, bedeutet er. Jess guckt die ganze Heimfahrt über schweigend aus dem Fenster. Einmal habe ich ihren Hamster rausgelassen, und er war vier Tage lang verschwunden. Da hat auch keiner mehr mit mir geredet, bis ich den Hamster mit einer Erdnussbutterfalle wieder eingefangen hatte. Jetzt fühle ich mich genauso wie damals, was echt blöd ist, weil ich die ganze Zeit an Grandma denken muss und fünfzig Milliarden superdringende Fragen habe, zum Beispiel:

Hat sie wirklich schon mal jemanden umgebracht?

Oder hat da wieder der Dämon aus ihr gesprochen?

Ich zähle jetzt mal auf, was ich noch über Grandma weiß:

– Sie hatte mal einen Schäferhund.
– Wenn Jess und ich sie besucht haben, mussten wir uns vor dem Essen immer die Hände waschen.
– Sie hat im Garten Blumen abgeschnitten und zu Sträußen gebunden.

Das ist alles, und besonders viel ist es nicht. Bestimmt habe ich noch mehr Erinnerungen, aber die fallen mir gerade nicht ein. Als hätte alles, was wir mit Grandma erlebt haben, in einem längst vergangenen Urlaub stattgefunden, und die Erinnerung daran wird immer verschwommener, bis nur noch ein großer Fettfleck übrig ist. Und der Schäferhund ist auch keine richtige Erinnerung, von dem hat mir Mum bloß erzählt, als wir mal alte Fotos angeschaut haben.

Eigentlich glaube ich nicht, dass Grandma eine Mörderin ist. Grandpa kann sie jedenfalls nicht umgebracht haben, denn als er gestorben ist, war sie schon im Pflegeheim. Und den Schäferhund hat sie bestimmt auch nicht umgebracht, denn niemand bringt einen Schäferhund um, nicht mal ein Dämon.

»Liam!« Jess klopft von außen ans Autofenster. Sie sieht genervt aus. Wir sind zu Hause.

»Steig endlich aus!«, faucht sie.

»Reg dich ab. Wo ist Mum?«

»Drinnen. Es ist Rotweinzeit, hat sie gesagt.«

Die Uhr auf dem Armaturenbrett zeigt 17.53 Uhr an. Für manche Uhrzeiten oder Tageszeiten gibt es eigene Wörter, wie Essenszeit oder Schlafenszeit, aber von Rotweinzeit habe ich noch nie gehört.

Komisch ist auch, dass Jess feuchte Augen hat, dabei weint sie sonst nie.

Jetzt blinzelt sie energisch und sagt: »Kommst du oder nicht?« Dann rennt sie die Auffahrt hoch und ruft über die Schulter: »Mum hat gesagt, du sollst für morgen deine Schulsachen packen.«

Die Schule. Sie kommt immer näher.

»Ich bleib noch ein bisschen draußen«, erwidere ich.

Ich steige aus und gehe ums Haus herum in den Garten, der so verwildert ist, dass er eher wie ein Urwald aussieht. Die Abendsonne lugt durch die Bäume und wirft strichdünne Schatten auf den Rasen.

Kennst du das, wenn du morgens im Küchenschrank deine Lieblingscornflakes entdeckst, Frosties oder Choco Krispies oder so, und du dich schon total darauf freust, und dann ist die Schachtel leer, weil deine Schwester alles aufgegessen und die leere Schachtel einfach wieder zurückgestellt hat?

Genauso geht es mir jetzt.

Ich bin nicht traurig, jedenfalls nicht richtig. Bloß irgendwie leer.

Der Himmel färbt sich lila mit roten und orangefarbenen Streifen, hinter der Hecke gehen die Straßenlaternen an. Ich kann noch nicht reingehen. Wenn ich jetzt reingehe, kommt die Schule noch näher.

Darum stehe ich einfach da, höre zu, wie die Blätter im Wind rauschen, und lausche dem Echo von Grandmas

Worten in meinem Kopf. Und plötzlich habe ich eine Eingebung.

Wenn sie wirklich jemanden umgebracht hat, hat sie vielleicht etwas darüber geschrieben. In ihrem Tagebuch.

Als ich zur Vordertür reinkomme, hat Jess in ihrem Zimmer schon die Musik aufgedreht. Ich schleiche mich auf Zehenspitzen durch die Diele und flitze dann die Treppe hoch in mein Zimmer. Das Tagebuch liegt immer noch unter meinem Bett. Ich schnappe es mir, laufe damit wieder nach unten und nach draußen.

Meine Füße tragen mich wie von selbst durchs Gartentor.

Auf die menschenleere Straße hinaus.

In Richtung Friedhof.

Die anderen Häuser in unserer Straße sind klein und gepflegt und sehen alle gleich aus, die gleiche Farbe, das gleiche Dach, der gleiche Vorgarten. Die Kirche dagegen …

Inzwischen ist es so dunkel, dass die bunten Glasfenster matt und farblos aussehen.

Ich gebe mir Mühe, nicht auf den kalten Schauer zu achten, der mir den Rücken herunterläuft, gehe den Weg bis zum Ende und stoße die verwitterte Eingangstür auf. Im Dunkeln sehe ich kaum, wo ich hintrete, aber vor mir zeichnet sich schwach die Tür der Sakristei ab.

Meine Schritte hallen in dem kahlen Raum wider.

Ich atme langsam ein und aus, ein und aus, und versuche, Ruhe zu bewahren.

Dann betrete ich die Sakristei.

Er ist noch da, ein dunkler Umriss hinten an der Wand, schwärzer als die Schwärze ringsum. Aber etwas ist anders. Die Augen. Sie glühen nicht mehr.

Vielleicht habe ich mir das ja tatsächlich nur eingebildet.

Er ist schließlich aus Stein. Wie sollen seine Augen da glühen?

»Eigentlich siehst du gar nicht so furchterregend aus«, sage ich und flüstere wieder unwillkürlich. Warum, weiß ich selbst nicht, aber irgendwie ist diese Sakristei ein Ort, an dem man flüstern muss.

Ich strecke die Hand aus und tippe ihn an. Seine Brust ist kalt. Ich stehe ganz still und atme ein und aus. Es riecht ein bisschen modrig.

Hier drin ist es dunkel, die Luft scheint lebendig zu sein, die Schule meilenweit weg.

»Ich will da nicht hin«, sage ich und komme mir im selben Augenblick total bescheuert vor, weil ich allein hier bin und mit mir selbst rede. *Aber ich bin nicht allein. Hier ist noch jemand. Jemand Riesengroßes mit Flügeln und Löwenbeinen.* »Meine Freunde sind alle in Colchester. Das ist zwar laut Google nur zwei Stunden und zehn Minuten weit weg, und ich könnte sie natürlich auch anrufen, aber das ist nicht dasselbe. Hier kenne ich niemanden. Mum versteht das nicht, und Jess interessiert sich nicht dafür. Ich habe nur noch Daisy, aber die ist bloß ein Hund.«

Ich lasse mich im Schneidersitz auf dem Fußboden nieder.

»Ist schon gut«, habe ich zu Mum gesagt, um sie zu beruhigen, aber das war gelogen. Wenn ich an die Schule denke, wird mir jedes Mal ganz schlecht.

Hoffentlich wissen die Lehrer nicht über Grandma Bescheid. In meiner alten Schule haben sie mich andauernd gefragt: »Wie *geht* es dir denn?«, und ich habe jedes Mal gesagt: »Gut«, aber sie haben immer wieder damit angefangen. Als hätten sie erwartet, dass ich jeden Augenblick zusammenbreche. Sie hätten sich mal lieber um Mum Sorgen machen sollen. Schließlich kann ich mich kaum noch erinnern, wie Grandma war, bevor sich der Dämon in ihr eingenistet hat, aber Mum schon. Es muss schrecklich sein, jemanden zu verlieren, der einem so nahesteht. Denn genauso fühlt es sich an. Grandma ist noch da, aber wir haben sie verloren.

Ich sitze neben dem Gargoyle und betrachte Grandmas Tagebuch. Der Kopf auf dem Umschlag blickt mich an. Es ist derselbe Kopf, da bin ich hundertprozentig sicher. Gut, die meisten dieser Figuren sehen ziemlich ähnlich aus, und die glühenden Augen habe ich mir wahrscheinlich wirklich nur eingebildet, aber sonst stimmt alles: die Haltung, der zusammengesetzte Körper, der bedrohliche Schnabel.

Ich schlage das Buch auf. Als mein Blick auf die Worte STRENG GEHEIM fällt, komme ich mir auf einmal vor, als ob ich etwas Verbotenes tue. Hätte ich selbst ein Tagebuch, würde ich ja auch nicht wollen, dass jemand darin liest.

Aber ich muss herausfinden, ob Grandma tatsächlich eine Mörderin ist.

Ich blättere die Seiten vorsichtig um und überfliege die ersten Einträge. Dazwischen sind noch mehr Zeichnungen, von Blumen, Häusern – und von Kampfflugzeugen.

Der Krieg.

Natürlich weiß ich, dass Grandma den Zweiten Weltkrieg miterlebt hat, aber ich habe noch nie richtig darüber nachgedacht. Hat sie damals etwa mitgekämpft? Und vielleicht einen Feind getötet? Hat sie das mit »Wär nicht das erste Mal« gemeint?

17. Januar 1940
Inzwischen hört man sie jede Nacht.
Die Flugzeuge. Wie Vogelschwärme fliegen sie in Richtung Deutschland und Italien, aber sie sind viel lauter als Vögel. Wenn Vögel singen, hört sich das fröhlich an. Wenn die Flugzeuge über den Himmel dröhnen, klingt das überhaupt nicht fröhlich.
Aber wie dann?

Bevor Dad uns verlassen hat, ist er jedes Jahr mit uns zur Flugschau gegangen. Ich erinnere mich noch gut daran, wie die Jagdbomber über unsere Köpfe gedröhnt sind. Hinterher durfte ich mir immer ein Flugzeugmodell zum selbst Zusammenbauen und Anmalen aussuchen, das ich dann im Haus fliegen ließ. Aber bei der Flugschau waren nur zwei oder drei Maschinen gleichzeitig in der Luft, auf Grandmas Zeichnungen sind es zehn und noch mehr.

Ich lese mir den Tagebucheintrag noch einmal durch. Was sie schreibt, klingt eigentlich nicht nach einer Mörderin. Andererseits war sie damals erst dreizehn, und das Tagebuch ist ziemlich dick. Vielleicht hat sie sich ja im Lauf der Einträge verändert.

Plötzlich zucke ich zusammen.

Ich war so in Gedanken, dass es mir erst jetzt auffällt.

Kennst du das, wenn dir ein Zimmer so vertraut ist, dass du es erst gar nicht merkst, wenn sich etwas verändert, wenn deine Mutter zum Beispiel die Sessel umstellt oder der geschnitzte Elefant auf einmal woanders steht?

Genauso geht es mir jetzt.

Es ist immer noch dunkel. Alles ist an Ort und Stelle. Trotzdem ist etwas anders als vorher.

Ich sehe mich mit zusammengekniffenen Augen um, und dann macht es endlich *Klick*! Mein Rücken ist warm.

Ich springe auf, als hätte ich mich verbrannt, dabei ist er nicht richtig heiß, sondern nur so warm, als hätte ich mich an eine Heizung gelehnt.

Aber hier in der Sakristei gibt es keine Heizung.

Hier gibt es nur den Gargoyle und mich.

Wenn die Wärme nicht von einer Heizung kommt, woher dann?

6

Das Blöde an der Schule ist, dass sie immer viel zu schnell wieder anfängt.

Mum fährt mich so früh hin, dass ich zusammen mit dem Putzmann der Erste bin, und der Putzmann sagt nichts, sondern blickt nur einmal kurz auf und putzt dann weiter.

»Ein bisschen früher zu kommen, ist immer gut«, meint Mum. »Vor allem am ersten Tag.«

Ich bin da anderer Meinung. Ich finde, dass früher kommen alles nur noch schlimmer macht, denn jetzt sitze ich vor dem Sekretariat und schaue zu, wie die Zeiger der Wanduhr *Tick-tick-tick* auf neun Uhr vorrücken. Um neun soll mich meine neue Lehrerin abholen und in die Klasse bringen.

Mum redet weiter auf mich ein, aber ich habe keine Lust, mich zu unterhalten, darum mache ich nur an den passenden Stellen »Mhm« und versuche ansonsten, das Grummeln in meinem Magen zu ignorieren. Der Gargoyle geht mir nicht aus dem Kopf. Selbst wenn ich mir die glühenden Augen nur eingebildet habe – woher kam dann die Wärme, die ich gespürt habe?

Wie kann Stein so warm werden?

In diesem Augenblick erscheint eine Frau und streckt mir die Hand hin. Sie hat mittellange blonde Haare und Falten im Gesicht, aber es sind freundliche Falten, die davon kommen, wenn man zu viel lächelt und lacht.

»Guten Morgen«, sagt sie. »Ich bin Mrs Culpepper, und Sie müssen Mrs Williams sein.«

»Richtig«, erwidert Mum. »Und das ist Liam.«

Ich stehe auf und gebe der Lehrerin die Hand.

»Hallo, Liam. Bist du aufgeregt?«

»Ein bisschen«, sage ich.

»Ich auch. Da haben wir doch schon etwas gemeinsam. Heute ist nämlich auch mein erster Schultag.« Sie wendet sich an Mum. »Ich bin die Elternzeitvertretung von Mrs Pindle.« Dann sieht sie wieder mich an. »Und? Wollen wir dann mal unsere neue Klasse kennenlernen?«

Wir verabschieden uns von Mum, gehen den Flur entlang und über den Hof. Die sechste Klasse ist am anderen Ende des Gebäudes, gleich hinter der Schulbücherei. Daneben liegt der Spielplatz, und man hört, wie draußen noch die letzten Kinder angerannt kommen.

Mrs Culpepper öffnet die Tür zum Klassenzimmer. Die meisten Stühle sind besetzt.

Alle drehen sich zu uns um. Sie starren mich an. Ich schlucke, aber meine Kehle ist wie zugeschnürt. Dann wandern die Blicke der fremden Kinder von mir zu

Mrs Culpepper, und ich sage im Stillen: *Danke, danke, danke!*, denn wenn noch jemand Neues zusammen mit einem in der Tür steht, ist alles leichter.

»Warte einfach hier, bis ich dich der Klasse vorgestellt habe«, raunt mir Mrs Culpepper zu, geht zum Lehrertisch, wartet ab, bis es still geworden ist, und räuspert sich. »Guten Morgen, sechste Klasse. Ich bin Mrs Culpepper. Ich vertrete Mrs Pindle, bis sie wiederkommt. Ich habe euch auch einen neuen Mitschüler mitgebracht.« Sie zeigt auf mich. »Das ist Liam. Liam, das ist deine neue Klasse.« Sie fügt stumm hinzu, indem sie nur die Lippen bewegt: »Setz dich.«

Ich gehe zum nächstbesten freien Stuhl, aber das Mädchen auf dem Stuhl daneben dreht sich um und sagt: »Dieser Platz ist reserviert.«

Ich versuche mein Glück beim nächsten leeren Platz, aber der ist angeblich auch reserviert. Ein paar Jungen in der hintersten Reihe lachen.

Der nächste Platz ist tatsächlich noch frei. Ich setze mich hin, spüre aber, dass mein Gesicht immer heißer wird.

Etwas trifft mich am Hinterkopf und fällt zu Boden. Es ist ein zusammengeknüllter Zettel. Ich hebe ihn auf und streiche ihn glatt. Darauf steht: *Na, hat die neue Lehrerin dich von zu Hause mitgebracht? Bist du ihr kleiner Liebling, oder was?*

Es ist mein erster Tag an der neuen Schule, und schon geht es wieder los.

Gar nicht drauf achten, ermahne ich mich.

»Das reicht jetzt!«, sagt Mrs Culpepper, kommt zu mir und nimmt mir den Zettel aus der Hand. »In meiner Klasse wird nicht mit Sachen geworfen!« Sie knüllt den Zettel wieder zusammen, dreht sich um und wirft ihn, und ich wende gerade rechtzeitig den Kopf, um mitzubekommen, dass er von der Wand abprallt und im Papierkorb landet. Dann geht sie nach hinten zu den Jungen, die gelacht haben. »Du da – wie heißt du?«

»Matt«, sagt der Junge in der Mitte.

»Hast du es drauf angelegt, meinen Unterricht zu stören, Matt?«

»Nein, Miss«, sagt der Junge.

»Gut. Dann schlage ich vor, dass du so etwas in Zukunft bleiben lässt.« Sie geht wieder nach vorn und zum Whiteboard. »Wie gesagt, ich bin Mrs Culpepper, und das nächste halbe Jahr müsst ihr leider mit mir vorliebnehmen.«

Stille. Man könnte eine Stecknadel fallen hören.

»Vor euch auf den Tischen liegt euer Stundenplan. Wir gehen ihn jetzt gemeinsam durch.«

Der Stundenplan ist fast der gleiche wie in meiner alten Klasse: Mathe, Englisch, Geschichte. Unten auf dem Blatt ist ein Sternchen, daneben steht: *Zweiter Weltkrieg*.

»Wie ihr seht, nehmen wir dieses Halbjahr in Geschichte den Zweiten Weltkrieg durch«, sagt Mrs Culpepper. »Ich habe mir schon ein spannendes Projekt für euch überlegt, und dazu gibt's auch gleich eine Hausaufgabe.«

Hausaufgaben? Jetzt schon? Vielleicht ist sie ja doch nicht so nett.

Die anderen Schüler stöhnen und protestieren, aber Mrs Culpepper schmunzelt nur.

»Keine Angst, es handelt sich nicht um eine normale Hausaufgabe. Es wird euch Spaß machen, versprochen. Ihr sollt euch jemanden suchen, der den Zweiten Weltkrieg noch miterlebt hat, und ihn interviewen. Das können eure Großeltern sein, ein Nachbar oder jemand anders, den ihr kennt. Ihr stellt dem Betreffenden einfach nur ein paar Fragen. Nächste Woche machen wir dann einen Erzählkreis, und ihr berichtet euren Mitschülern, was ihr herausgefunden habt.«

»Ein Erzählkreis? Was ist das denn für'n Scheiß?«, fragt Matt verächtlich.

»Nicht fluchen!«, sagt Mrs Culpepper streng. »Ihr wollt mir doch nicht weismachen, dass ihr nicht wisst, was ein Erzählkreis ist!« Sie schaut ungläubig. Dann sagt sie »Ja?«, als sich ein Mädchen zwei Reihen vor mir so eifrig meldet, dass es fast vom Stuhl fällt.

»Meinen Sie vielleicht so was wie eine Vorlesestunde?

In Englisch liest uns Mrs Pindle manchmal vor. Letztes Halbjahr haben wir *Harry Potter* gelesen, und jetzt sind wir beim *Kleinen Hobbit.*«

»Ein Erzählkreis ist so ähnlich«, entgegnet Mrs Culpepper, »bloß dass nicht ich die Geschichten erzähle, sondern *ihr.*«

Die Klasse ist wieder still, nur Matt und seine Freunde tuscheln miteinander, aber das scheint Mrs Culpepper gar nicht mitzubekommen.

»Tja, dann üben wir wohl am besten erst mal. Setzt euch im Kreis hin!« Sie klatscht in die Hände, und ihre blonden Haare wippen, als sie auf den Fußboden zeigt. »Na los! Hopphopp!«

Wir schieben die Stühle unter die Tische und setzen uns im Schneidersitz auf den Boden. Mrs Culpepper setzt sich in die Mitte, greift in ihre Tasche und holt ein Ei heraus. So eins aus Marmor, wie man es im Museumsshop für drei Pfund kaufen kann.

»Das ist ein verzaubertes Ei«, verkündet sie. »Nur derjenige, der es in der Hand hält, darf etwas sagen. Ihr gebt das Ei herum, sagt mir, wie ihr heißt, und erzählt dazu kurz etwas über euch.«

Auweia. Ich soll vor der ganzen Klasse etwas über mich erzählen? Meine Gedanken überschlagen sich. Selbst wenn man nur kurz zu reden braucht – weil hier noch keiner etwas über mich weiß, muss ich mir gut überlegen, was ich sage. Wenn ich es vermassele, machen mich die anderen das ganze restliche Schuljahr fertig.

Mrs Culpepper überreicht der Schülerin neben mir das Ei. Sie hat kleine Hände und riesige Augen hinter dicken Brillengläsern. Sie heißt Fiona, sagt sie, und dann erzählt sie irgendwas über Kaninchen, aber ich höre nicht hin, weil ich nur noch denken kann: *Bitte mach, dass die Runde andersrum geht!*

Was soll ich bloß sagen? Ich kann den anderen ja wohl nicht von meinem Wochenende erzählen.

Meine Großmutter hat gesagt, dass sie mich umbringt.

Ein »Ksss!« reißt mich aus meinen Gedanken. Fiona hält mir das Ei so dicht vor die Nase, dass ich die bläulichen Adern in dem rostbraunen und roten Stein erkennen kann.

»Magst du uns etwas über dich erzählen, Liam?«, fragt Mrs Culpepper.

Meine Hand zittert, als ich Fiona das Ei abnehme. Es ist ganz warm.

»Äh … Ich heiße Liam.«

Die Runde bricht in Gelächter aus. Um mich davon abzulenken, zwinkere ich heftig, aber mein Herz hämmert, meine Zunge ist plötzlich bleischwer und gehorcht mir nicht, und ich denke verzweifelt: *Rote Pinguine, rote Pinguine, rote Pinguine!*

Was soll ich bloß erzählen? Auf keinen Fall etwas über Grandma.

»Hast du am Wochenende etwas unternommen?«, fragt Mrs Culpepper. »Und wie geht es eigentlich deiner Großmutter?«

»Gut«, erwidere ich automatisch.

Woher weiß sie das überhaupt?, schießt es mir durch den Kopf.

Anscheinend hat Mum auch hier mit den Lehrern gesprochen.

Ich lasse das Ei von einer Hand in die andere rollen und gebe mir Mühe, die Gesichter um mich herum auszublenden.

»Ist nicht schlimm«, sagt Mrs Culpepper. »Wenn dir gerade nichts einfällt, was du uns erzählen möchtest, dann gib das Ei einfach weiter.«

Sofort halte ich das Ei meinem linken Nebenmann hin. Matt kichert. Weil ich seinen spöttischen Blick nicht aushalte, mache ich die Augen rasch zu und denke an die Kirche, einfach nur an die stille, dunkle Kirche.

Und an den Gargoyle.

Als ich die Augen wieder aufmache, schaut Matt woandershin.

Das marmorne Ei wandert einmal durch den ganzen Kreis. Als Mrs Culpepper es wieder an sich nimmt, stößt sie einen überraschten Laut aus, lässt es fallen und fängt es gerade noch rechtzeitig wieder auf. Sie hält es in die Höhe, so dass wir es alle sehen können.

»Donnerwetter!«, sagt sie. »Das Ei ist ja richtig heiß geworden! Das kommt davon, dass ihr so tolle Geschichten erzählt habt. Ihr habt von vielen schönen Erinnerungen berichtet, und schöne Erinnerungen haben große Macht.« Dabei lächelt sie mich an. Sofort werden meine Wangen wieder rot. Ihr Blick ist fest auf mich gerichtet. *Warum sieht sie nur mich an und keinen anderen?* Aber da lächelt sie schon wieder in die Runde, steht auf und legt das Ei auf ihren Tisch.

»Nächste Woche machen wir wieder einen Kreis und erzählen uns Geschichten vom Zweiten Weltkrieg. Bis nächsten Montag muss jeder von euch ein Interview geführt haben. Und jetzt: Mathe!«

7

An den folgenden Tagen denke ich die ganze Zeit an die Hausaufgabe.

Nächstes Mal *muss* ich etwas erzählen, sonst sitze ich wieder da und werde von den Blicken sämtlicher Mitschüler durchbohrt.

Mir bleibt also nichts anderes übrig, als Grandma zu interviewen.

Bei dem Gedanken bekomme ich Herzklopfen und höre sie wieder kreischen: *Ich bring dich um! Wär nicht das erste Mal!* Ich kneife die Augen zu und versuche, mich auf etwas anderes zu konzentrieren, sehe aber immer nur ihr weißes, verzerrtes Gesicht vor mir.

Ich atme langsam ein und aus, ein und aus.

Das war nicht Grandma. Das war der Dämon in ihr.

Aber es nützt nichts.

Mum sagt immer, wenn wir Grandma besuchen, sollen wir über ganz einfache Themen reden, über das Wetter zum Beispiel oder über Blumen, denn das versteht sie noch.

Der Zweite Weltkrieg ist aber kein einfaches Thema. Was mache ich, wenn sie wieder ausrastet?

Aber ich kann niemanden sonst fragen. Unsere neuen Nachbarn kenne ich noch nicht. Ich könnte es natürlich bei den anderen Pflegeheimbewohnern versuchen, aber womöglich hat sich der Dämon auch in ihnen eingenistet, und dann hilft mir das auch nicht weiter.

Dann habe ich eine Eingebung. Wenn ich herausbekommen will, ob Grandma tatsächlich im Zweiten Weltkrieg jemanden umgebracht hat, ist so ein Interview doch die beste Gelegenheit! Dank der Hausaufgabe kann ich mit ihr darüber sprechen, ohne dass Mum sich wundert.

»Mach ruhig«, sagt Mum, als ich ihr erzähle, was ich vorhabe. »Ihr Langzeitgedächtnis ist oft viel besser als ihr Kurzzeitgedächtnis.« Ich weiß zwar nicht genau, was das bedeutet, frage aber nicht nach.

Am Samstag ist Jess mit ihren neuen Freundinnen verabredet, darum fahren Mum und ich ohne sie ins Pflegeheim. Als wir ins Zimmer kommen, schläft Grandma gerade. Ich rechne schon damit, dass wir wieder gehen, weil Mum immer sagt, dass Grandma viel Ruhe braucht, da schlägt sie blinzelnd die Augen auf. Erst schaut sie an die Decke, dann sieht sie sich um und erblickt uns.

»Hallo, Mum«, sagt Mum mit dieser künstlich sanften Stimme, die überhaupt nicht zu ihr passt.

Grandma runzelt die Stirn. Offenbar erkennt sie uns nicht.

»Liam ist auch wieder mitgekommen.« Mum tritt an

Grandmas Bett und beugt sich über sie. »Jess hatte heute leider keine Zeit, aber wir beide wollten trotzdem mal nach dir sehen. Wie geht's dir?«

Grandmas Augen leuchten auf, und sie strahlt. »Sue! Meine liebe Sue!«

Sie streckt die runzlige Hand aus und umklammert Mums Arm. Mum zieht sich einen Stuhl heran und setzt sich.

Als die beiden eine Weile Händchen gehalten haben, gehe ich zum Bett und gebe Grandma einen Kuss auf die Wange. Sie strahlt mich ebenfalls an. Dabei spannt sich die Haut in ihrem Gesicht straff über die Knochen. Das ist gemein, ich weiß, aber sie sieht wie ein Skelett aus.

»Wie geht's dir, Robert?«, fragt sie.

Früher bin ich immer traurig geworden, wenn sie mich mit Dad verwechselt hat, aber inzwischen habe ich mich dran gewöhnt. Ich schaue verstohlen zu Mum hinüber, aber ihr scheint es auch nichts auszumachen.

»Das ist Liam«, sagt sie nur. »Er war jetzt schon eine Woche in seiner neuen Schule.«

»Ach so?« Grandmas Blick wandert von Mum zu mir, dann stochert sie sich mit dem knochigen Zeigefinger im Mund herum. »Dazu kann ich nichts sagen, Schwester.«

Kennst du das, wenn etwas so peinlich ist, dass du nicht weißt, wo du hingucken sollst? Wenn du zum Beispiel im Unterricht geträumt hast und plötzlich merkst, dass dich alle anstarren, und du daraufhin den Rest der Stunde niemandem mehr in die Augen schauen kannst?

Genauso geht es mir jetzt.

In der bedrückten Stille, die nun eintritt, sehe ich mich im Zimmer um. Mein Blick fällt auf die Blumen auf dem Fensterbrett. Unser Strauß ist noch da und der vom Heim auch, aber daneben steht ein Strauß, den ich noch nicht kenne.

Ich gehe zum Fenster und werfe einen Blick auf die Karte, die zwischen den Blumen steckt. Darauf steht: *Danke, dass Sie an mich geglaubt haben.* Komisch. Wer hat Grandma denn außer uns noch besucht?

»Liam ist jetzt in der Sechsten, stimmt's, Liam?«, sagt Mum.

Sie will, dass Grandma sich das merkt. Ab und zu klappt das sogar. Wenn man etwas oft genug wiederholt, bleibt es manchmal hängen.

Heute blinzelt Grandma bloß. Es ist einer ihrer schlechteren Tage.

Was bedeutet, dass ich das Interview vergessen kann.

Doch dann geht eine Veränderung mit ihr vor. Ihre Augen füllen sich plötzlich mit Tränen.

»Ach Sue, sie werden ja so schnell groß!«

»Da hast du recht.« Mums Gesicht entspannt sich, und ich spüre, wie erleichtert sie ist.

»Wie alt bist du jetzt, Herzchen?«

»Elf«, sage ich.

Grandma lächelt mich an, dreht sich dann weg und schaut aus dem Fenster. »Ein schönes Alter.«

»Liam hat eine Hausaufgabe aufbekommen und hofft, dass du ihm dabei helfen kannst.« Mum stupst mich an und nickt ermutigend.

Leg los!

»Wie bitte, Schwester?«, sagt Grandma.

Das war's dann wohl. Sie ist wieder weg. Mum schmunzelt, aber ich spüre, dass sie unglücklich ist. Sie streichelt Grandmas Handrücken. »Ich habe gesagt, dass Liam eine Hausaufgabe aufhat, bei der du ihm vielleicht helfen kannst.«

»Ach so?« Grandma dreht sich wieder zu mir um. »Wie alt bist du jetzt, Herzchen?«

»Elf«, sage ich.

»So ein schönes Alter.«

Mum sieht mich auffordernd an, und ich räuspere mich. »Kannst du mir etwas über den Zweiten Weltkrieg erzählen, Grandma?«

»Über den was?«

»Den Zweiten Weltkrieg«, wiederhole ich übertrieben deutlich. »Erinnerst du dich noch, wie es damals war?«

Ihr Blick hält meinen fest, ihr Mund steht offen, und sie verharrt so reglos, dass es mir unheimlich ist. Ich schiele zu Mum hinüber, aber sie sitzt einfach nur da.

»Tag, Schwester«, sagt Grandma dann.

Mum nimmt wieder ihre Hand, aber das hilft auch nichts, denn jetzt heult Grandma auf einmal los, weint so laut, dass sich mein Magen zusammenzieht

Ich schlucke, aber meine Kehle ist total ausgetrocknet. Ich hätte noch so viele Fragen, die ich nicht stellen kann. Grandma heult, bis ihr die Augen zufallen. Ihr Geheul wird leiser und verstummt schließlich ganz.

Sie schläft wieder. Mum stößt einen tiefen Seufzer aus.

Wenn Grandma schläft, wirkt sie ganz friedlich.

»Tut mir leid, Schätzchen«, sagt Mum. »Wir können es ja ein andermal wieder versuchen.«

Wir gehen raus. Eine Frau im blauweißen Schwesternkittel rollt einen Essenswagen von Zimmer zu Zimmer. Das Essen sieht aus wie der Fraß in der Schulkantine: matschiges Kartoffelpüree und Fleisch mit ekliger Soße. Trotzdem riecht es gut, und mir knurrt auf einmal der Magen.

Als wir ins Auto steigen, wendet sich Mum von mir ab, damit ich nicht sehe, dass ihr die Tränen übers Gesicht laufen.

»Sie tut nur so, als ob sie dich für die Schwester hält«, sage ich. »Sie verstellt sich bloß.«

Mum grinst schief und lacht ein bisschen. »Weiß ich doch.«

»Du, Mum?«

»Ja, Schätzchen?«

»Besuchen noch andere Leute Grandma?«

»Wie kommst du denn darauf?«

»Weil auf dem Fensterbrett ein dritter Strauß steht.«

»Stimmt, der ist mir auch aufgefallen. Ich bin zwar noch nie irgendwelchen anderen Besuchern begegnet, aber wundern würde es mich nicht. Grandma hat lange hier in Swanbury gelebt und war über dreißig Jahre Lehrerin an deiner Schule. Sie war für viele Leute hier eine wichtige Person.«

Danach sagt sie nichts mehr.

Um die Stille zu füllen, gehe ich im Kopf die Möglichkeiten durch, wie ich mich um die Weltkriegs-Hausaufgabe herummogeln könnte.

Ich könnte einfach lügen und sagen, ich hätte nicht mehr dran gedacht.

In meiner alten Schule habe ich die Lehrer andauernd angelogen. Nicht richtig schlimm, bloß kleine Notlügen, zum Beispiel, wenn sie mich dabei ertappt haben, wie ich mich heimlich mit meinem Nachbarn unterhalten habe, und gefragt haben: »Hast du gequatscht, Liam?«, und ich »Nein« gesagt habe. In der Schule zu lügen, gilt nicht richtig, denn wenn man dort die Wahrheit sagt, kriegt man nur Ärger.

Wenn Mrs Culpepper mich fragen würde: »Hast du gequatscht, Liam?«, würde ich vermutlich »Ja. Entschuldigung«, sagen. Manche Menschen kann man einfach nicht anlügen, und ich glaube, Mrs Culpepper ist so jemand.

Ich kriege einen Riesenärger, das weiß ich jetzt schon.

Da fällt mir Grandmas Tagebuch ein.

Dort steht vielleicht nicht drin, ob sie eine Mörderin ist, aber irgendetwas über den Krieg bestimmt. Der Eintrag über die Flugzeuge war ziemlich weit vorn. Ein richtiges Interview ist das zwar nicht, aber für eine Geschichte müsste es reichen.

8

Kaum sind wir zu Hause angekommen, renne ich in mein Zimmer und hole das Tagebuch unter dem Bett hervor.

Nach dem Eintrag mit den Flugzeugen kommen ein paar leere Seiten, aber dann geht es weiter:

24. März 1940

Es fällt mir schwer, etwas über mich selbst zu schreiben, aber hier ist alles, was du wissen musst:

1. *Meine Lieblingsfarbe ist Gelb (vor allem bei Rosen).*
2. *Ich bin dreizehn Jahre und hundertdreiundsechzig Tage alt.*
3. *Ich mag es, wenn es ruhig ist (was bei uns zu Hause leider nie vorkommt, weil meine Mutter von morgens bis abends singt!).*
4. *Aber ich habe auch gern Übernachtungsbesuch von meinen Freundinnen (vor allem, wenn wir eine Mitternachtsparty veranstalten).*
5. *Ich will nicht umziehen, aber Mutter sagt, dass es in Paris zu gefährlich für uns wird. Hoffentlich bleiben wir nicht lange weg. Meine Freundinnen und alle anderen werden mir fehlen.*

Paris?

Ich wusste gar nicht, dass Grandma in Paris gelebt hat!

Außerdem dachte ich immer, dass sie und ich überhaupt nichts gemeinsam haben, weil sie nie ein Handy besessen hat und keine Ahnung hat, was das Internet ist. Sie mag klassische Musik und langweilige Bücher, und ich mag Playstation und Bücher über Ritter, Zauberer und Drachen.

Aber sie musste auch umziehen, als sie ungefähr so alt war wie ich, und sie musste genau wie ich ihre Freunde zurücklassen.

Was sie schreibt, hört sich an, als hätte sie richtig gern in Paris gelebt. Wenn ich eine Stadt verlassen müsste, in der ich mich so wohl fühle, dann würde ich gleich nach dem Krieg zurückkehren. Swanbury muss also irgendwas an sich haben, das noch toller ist als Frankreich.

Bei diesem Gedanken wird mir plötzlich ganz anders.

Und ich wollte, dass Mum Grandma aus Swanbury wegholt und in einem Heim unterbringt, das näher an Colchester liegt! Klar ist es blöd, dass ich mich nicht mehr jeden Tag nach der Schule mit Sam und Dave auf dem Fußballplatz oder zum Playstation spielen treffen kann, aber für Grandma wäre ein Umzug viel schlimmer gewesen. Sie hätte sich bloß nicht so darüber beklagen können, weil sie sowieso alles vergisst.

Nach der Liste bricht der Tagebucheintrag ab, aber auf der gegenüberliegenden Seite fängt ein neuer an.

3. April 1940
Ich habe mir vorgenommen, jeden Tag etwas zu schreiben, aber das ist nicht so einfach, vor allem abends, wenn wir kein Licht machen dürfen. Deswegen haben wir auch neue Vorhänge, ganz lange, dicke, schwarze, die nichts durchlassen.
Mutter sagt, das soll bewirken, dass sich die feindlichen Flugzeuge nicht mehr orientieren können und sich verirren.
Wer es schafft, sich mit dem Flugzeug zu verirren, muss ganz schön dumm sein. Da fliegt man doch über eine riesengroße Landkarte!
Jetzt ist es so weit.
Elodie und Beth haben das Land schon verlassen, und wir fahren morgen.
Ich muss die breiten Straßen und prächtigen Gebäude gegen irgendwelche langweiligen Felder und Wiesen voller Kühe, Eichhörnchen und Enten eintauschen. Ich will nicht hier weg!
Ich habe Mutter erklärt, dass Steinvogel uns beschützen wird, aber sie meinte nur, ich soll nicht albern sein.
Wenigstens gehen wir vor der Abreise noch ein letztes Mal in die Kathedrale. Ich habe behauptet, dass ich das Gebäude zeichnen will, aber in Wirklichkeit will ich Steinvogel abmalen. Ich will mich bei ihm bedanken. Und mich von ihm verabschieden.

Ich blättere rasch um. Hat sie den Gargoyle in ihr Tagebuch gezeichnet? Aber ich entdecke nur ein Bild von irgendeinem Felsen.

Die Tinte ist verwischt, und das Papier ist gewellt, weil es feucht geworden und wieder getrocknet ist.

4. April 1940
Steinvogel ist nicht mehr da!
Heute waren wir in Notre-Dame, aber er war weg. Ich traute meinen Augen nicht. Er war sonst immer da! Mutter meinte, dass ihn wahrscheinlich jemand woanders hingebracht hat, weil ganz in der Nähe der Kathedrale ein Flugzeug abgeschossen wurde. Der Turm wurde von Trümmerteilen getroffen und ist teilweise eingestürzt.
Überall liegt Schutt herum, aber die Steinbrocken sehen sehr hübsch aus, weil sie lauter blaue Äderchen haben.
Am liebsten wäre ich sofort weggerannt und hätte mich irgendwo versteckt, wo mich Mutter niemals findet. Dann hätte ich in Paris bleiben können. Vielleicht wäre Steinvogel dann zurückgekommen.
Aber dann ist wieder irgendwo eine Bombe eingeschlagen, und mir wurde klar, dass man sich vor dem Krieg nicht verstecken kann.
Hoffentlich konnte Steinvogel fliehen. Hoffentlich ist er einfach weggeflogen und hat sich in Sicherheit gebracht.
So wie wir es jetzt auch machen müssen.

Als ich den nächsten Eintrag lesen will, ruft Mum von unten: »Kannst du mir mal kurz helfen?«

Ich schiebe das Tagebuch rasch wieder unters Bett, passe aber auf, dass ich den Einband nicht beschädige. Dann gehe ich runter und sehe Mum mit einem großen Karton auf den Armen in der Diele stehen.

»Hochzeitsfotos«, sagt sie. »Ich will sie in den Keller bringen.«

Ich mache ihr die Kellertür auf und helfe ihr auf der schmalen Treppe beim Tragen. Erst als wir wieder oben sind, sehe ich, dass sie feuchte Augen hat.

»Danke, Schätzchen«, sagt sie.

Sie geht in die Küche und holt eine Flasche Wein aus dem Kühlschrank. Da begreife ich, dass Rotweinzeit nichts mit Essenszeit oder Schlafenszeit zu tun hat, denn diese Zeiten sind immer ungefähr gleich. Rotweinzeit kann immer sein.

9

Am Abend googele ich *Paris im Zweiten Weltkrieg*. Hier sind die Ergebnisse:

- 75 000 Bombentote
- 550 000 Tonnen Bomben
- Das einzige Land, das noch schlimmer bombardiert wurde als Frankreich, war Deutschland.

Das lag daran, dass die Deutschen Frankreich erobert und besetzt hatten. Sie hatten den Franzosen alle Lebensmittel und alles Geld weggenommen und ihnen verboten, nach Anbruch der Dunkelheit auf die Straße zu gehen. Ich stelle mir vor, was vielleicht mit Grandma passiert wäre, wenn sie nicht geflohen wäre. Vielleicht wäre sie dann auch von einer Bombe getötet worden, und es hätte Mum, Jess und mich nie gegeben.

Dann versuche ich mir vorzustellen, was die Flugzeuge und die Sirenen für einen Höllenlärm gemacht haben müssen. Der Gargoyle fällt mir wieder ein, der vom Dach der Kathedrale verschwunden ist, und auf einmal habe ich eine Idee.

Eine Idee für eine Geschichte.

Am Montagmorgen nehme ich Grandmas Tagebuch vorsichtshalber mit in die Schule und lege es in mein Fach, weil ich Angst habe, dass ich sonst irgendwas Wichtiges vergesse. Nach der Mittagspause geht Mrs Culpepper nach vorn und klatscht in die Hände, damit wir still sind.

Sie nimmt einen Stift, geht zum Whiteboard und schreibt:

KRIEGSGESCHICHTEN

Dann dreht sie sich wieder zu uns um. »Seid ihr alle so weit?« Ein Raunen geht durch die Klasse. »Schön. Dann setzt euch mal im Kreis hin.«

Als alle aufstehen, laufe ich schnell noch mal zu meinem Fach und werfe einen letzten Blick auf das Tagebuch. Danach setze ich mich zu den anderen auf den Fußboden. Ein paar meiner Mitschüler sind aufgeregt, andere gucken gelangweilt, und Matt und seine Freunde glotzen mich an, aber ich schaue einfach weg. Meine Knie zittern so, dass sie die ganze Zeit hoch und runter wippen, hoch und runter. Es gelingt mir nicht, sie stillzuhalten.

Mrs Culpepper lässt sich wieder in unserer Mitte nieder. »Na, wie hat euch die Hausaufgabe denn gefallen?«

Alle reden gleichzeitig drauflos, und jeder will die anderen übertönen.

»Das hat total Spaß gemacht!«

»Mein Uropa ist toll!«

»Das freut mich.« Mrs Culpepper hebt die Hand. In der Hand hält sie das Ei. Das Stimmengewirr wird leiser und verstummt schließlich. »Denkt dran«, sagt sie, »nur der, der das Ei hat, darf sprechen, klar? Wer möchte anfangen?«

Es geht wieder der Reihe nach. Die anderen erzählen von Jagdflugzeugen, von tollkühnen Motorradfahrten durch Schützengräben und vom Minenräumen. Von Lazarettzelten dicht hinter der Front und vom Zusammenpacken und weiter Vorrücken, wenn wieder eine Schlacht gewonnen war.

Plötzlich habe ich Angst, nicht mithalten zu können.

Wir bekommen zwar keine Noten, aber alle anderen erzählen superspannende Geschichten – und vor allem sind ihre Geschichten wahr. Ich habe ja nicht mal ein richtiges Interview geführt.

Das Ei kommt immer näher. Dann bin ich an der Reihe.

Ich nehme es in die Hand, und als mich seine Wärme durchströmt, sprudeln die Worte in mir hoch wie Luftblasen.

Meine Geschichte handelt davon, dass es mich beinahe nicht gegeben hätte, sage ich.

Plötzlich hören alle gebannt zu. Alle schauen mich an,

aber keiner grinst oder lacht mich aus, und es ist ganz still, weil alle hören wollen, was jetzt kommt.

Meine Geschichte beginnt in Paris.

Nacht für Nacht donnerten Flugzeuge über den Himmel, Jagdbomber, die nach Deutschland flogen oder sich über der Stadt Luftgefechte mit den Deutschen lieferten.

Meine Großmutter lebte damals in Paris. Sie konnte noch nicht wissen, dass der Feind die Stadt schon in ein paar Monaten erobern würde.

Viele Leute fürchteten um ihr Leben und flohen, aber meine Großmutter wollte dableiben. Sie mochte Paris, und sie mochte vor allem den steinernen Gargoyle hoch oben auf dem Dach der Kathedrale. Sie war überzeugt, dass er sie beschützte.

Doch die Gefechte wurden immer heftiger, und die Einschläge der Bomben kamen immer näher. Immer mehr Flugzeuge kreisten am Himmel, und jedes Mal, wenn eines abgeschossen wurde, krachten die Trümmer auf die Stadt herab.

Eines Tages ging Grandma zur Kathedrale, weil sie sich bei dem Gargoyle dafür bedanken wollte, dass er auf sie aufpasste. Doch als sie hinkam, war er nicht mehr da.

Die Erwachsenen meinten, er sei weggebracht worden, aber Grandma wusste es besser.

Sie wusste, dass er weggeflogen war.

Da wurde ihr klar, dass der Krieg nach Paris kommen würde, ob es ihr passte oder nicht.

Nach der Schule schnappe ich mir meine Tasche und das Tagebuch und stürme aus dem Klassenzimmer. Ich kann es nicht erwarten, Mum zu berichten, wie es gelaufen ist. Wie gespannt mir die anderen zugehört haben.

Jungs und Mädchen laufen an mir vorbei, rufen, lachen und machen Quatsch.

Im Hof wartet Matt mit zwei Freunden auf mich. Der eine ist dick und so groß, dass er schon in der Oberstufe sein könnte, der andere hat kleine Augen, spitze Ohren und bleckt höhnisch grinsend die vorstehenden Rattenzähne.

»Na, Liam, wie läuft's mit deiner Freundin?«, fragt Rattenzahn.

Erst begreife ich nicht, was er meint, aber da fängt der Dicke zu singen an: »Liam liebt Mrs Culpepper, Liam liebt Mrs Culpepper, und sie küssen si-hich, und sie kü–«

»Klappe, Joe!« Matt boxt ihn in den Arm.

Mein Atem geht immer schneller, bis es in meinen Lungen sticht. Ich denke nicht mehr an den Gargoyle, sehe nur noch Mum vor mir. »Ist schon gut«, habe ich zu ihr gesagt und habe wirklich gehofft, dass es diesmal gutgeht, habe es so sehr gehofft, dass ich schon selbst daran glaubte. Aber gar nichts ist gut, denn jetzt kommen Matt und die beiden anderen auf mich zu, und ich kann nicht mehr ausweichen.

»Sie ist nicht meine Freundin«, sage ich und ärgere mich, dass es sich so lahm anhört.

Aber das ist auch schon egal.

»Festhalten!«, kommandiert Matt. Die beiden anderen packen mich an den Armen und schubsen mich gegen die Ziegelmauer. »Mund auf!«

Schmutzige Finger fassen mir ins Gesicht und quetschen meine Wangen zusammen. Ich beiße die Zähne aufeinander, aber sie drücken so fest zu, dass mein Mund von allein aufklappt und Matt etwas Feuchtes, Klumpiges, *Erdiges* reinstopfen kann.

Hustend und würgend reiße ich mich los und spucke Matsch und Blumen auf den Asphalt.

»Nächstes Mal kannst du ja darüber eine Geschichte erzählen!«, sagt Matt hämisch.

Ich habe gar nicht gemerkt, dass mir die Tasche runtergefallen ist, aber jetzt stolpere ich darüber und stürze beinahe.

Grandmas Tagebuch ist herausgerutscht und liegt auf dem Boden. Ich hebe es auf und drehe es um – und mir wird ganz schlecht.

Der Gargoyle auf dem Einband ist zerkratzt und verwischt. Die Zeichnung ist hin.

Tränen schießen mir in die Augen, aber ich wische sie rasch weg.

Jetzt bloß nicht weinen!

Als ich über den Spielplatz gehe und nach Mum Ausschau halte, ist mir immer noch übel. Ein paar Kinder sind noch da, ein paar Eltern warten noch am Zaun, aber Mum ist nicht da.

Ich kann sie nirgends entdecken.

10

Zu Hause lasse ich meine Tasche einfach auf den Boden plumpsen und gehe sofort nach oben zu Jess.

Hoffentlich hat sie gute Laune. Manchmal ist sie richtig nett, dann leiht sie mir eine ihrer DVDs oder gibt mir von ihren Süßigkeiten ab. Aber seit wir umgezogen sind, hat sie oft schlechte Laune, und dann macht man am besten einen riesengroßen Bogen um sie.

Die Musik ist so laut, dass ich sie richtig im Bauch spüre.

Bumm-tsch! Bumm-tsch! Bumm-tsch!

»Wo ist Mum?«, brülle ich durch die geschlossene Tür.

»Waaas?«, brüllt sie zurück.

»Wo ist Mum?«

Die Tür öffnet sich einen Spalt, und ihr Gesicht erscheint. Aus ihrem Mund ragt eine knallrosa Zahnbürste, um den Kopf hat sie ein Handtuch geschlungen. Die Musik dröhnt jetzt so laut, dass mir die Ohren weh tun.

»Ich versteh nichts«, nuschelt sie.

»Mum hat mich nicht von der Schule abgeholt. Sie hatte es versprochen, aber sie war nicht da.«

Jess nimmt genervt die Zahnbürste aus dem Mund. »Ja und?«

»Weißt du, wo sie ist?«

»Nein! Und jetzt lass mich in Ruhe. Ich bin noch verabredet und muss mich fertig machen.«

»Ich dachte ja nur, du –«

Aber da knallt die Tür schon zu.

Ich drehe mich um und will gerade weggehen, da wird die Tür hinter mir wieder geöffnet.

»Warte!«

Jess läuft an mir vorbei ins Bad. Man hört, wie sie *Hwaaaaark-spotz!* ins Waschbecken spuckt und Wasser nachlaufen lässt, dann kommt sie wieder raus.

»War nicht so gemeint«, sagt sie. »Ich will einfach nur gut aussehen und …« Sie schüttelt den Kopf. »Meinetwegen komm rein.« Sie fasst nach meiner Hand und zieht mich in ihr Zimmer.

Was ihr Zimmer betrifft, gibt es nur eine Regel: NICHT REINKOMMEN – in Großbuchstaben, weil sie es meistens schreit. Es ist die allerwichtigste Regel in unserem Haushalt, noch wichtiger als Mums ewige Lieblingsregeln: *Macht das Licht aus, wenn ihr aus dem Zimmer geht*, und: *Stellt den Teller in die Spülmaschine, wenn ihr aufgegessen habt.*

Aber inzwischen lässt Mum selbst andauernd das Licht an, und manchmal steht ihr benutzter Teller tagelang rum, obwohl ich meinen schon längst in die Spülmaschine gestellt habe.

In unserem neuen Haus war ich überhaupt erst einmal im Zimmer meiner Schwester, nämlich als ich ihr geholfen habe, die Kartons mit ihren Sachen reinzutragen. Da waren die Wände noch weiß und kahl, aber inzwischen sind sie blau und rosa, und eine fünfköpfige Boygroup grinst auf mich runter. Jess macht die Musik leiser und setzt sich aufs Bett. Man sieht sofort, dass das Bett einem Mädchen gehört, denn es ist mit bunten Kissen übersät und so ordentlich gemacht wie die Betten in den Verkaufsshows im Fernsehen.

»Komm her.« Sie schubst ein Eulenkissen weg, damit ich mich neben sie setzen kann.

»Geht es Mum nicht gut?«, frage ich.

Erst öffnet sie den Mund und will antworten, dann überlegt sie es sich anders, macht den Mund wieder zu und legt den Kopf schief wie Daisy, wenn sie an der Küchentür steht und reinwill.

»Doch«, sagt sie. »Sie ist wahrscheinlich bloß Einkaufen gegangen.«

»Aber sonst holt sie mich immer ab!«

»Schon, aber sie hat gerade so viel um die Ohren, dass sie es bestimmt nur vergessen hat.«

»Oder glaubst du, es ist wieder Rotweinzeit?«

Darauf antwortet Jess nicht.

»Los, sag was!« Ich will sie eigentlich gar nicht anschnauzen, aber ich bin so was von sauer auf Mum. Wenn man verspricht, da zu sein, dann muss man auch kommen, egal um welche Zeit.

»War denn in letzter Zeit mal wieder Rotweinzeit?«, fragt Jess.

»Ja, am Wochenende, als du weg warst.«

Sie stößt einen tiefen Seufzer aus, und es dauert eine Weile, bis sie wieder etwas sagt. »Wenn sie wiederkommt, rede ich mit ihr. Aber wie geht es *dir* eigentlich? Grandma hat das neulich nicht so gemeint. Als sie gesagt hat, dass sie dich umbringen will, meine ich. Da hat der Dämon aus ihr gesprochen.«

»Ich weiß.« *Ich hoffe es jedenfalls.*

Ich kann nicht richtig in Worte fassen, was mich beschäftigt. Wie soll man etwas ausdrücken, was man selbst nicht richtig versteht?

»Ich kann mich schon gar nicht mehr dran erinnern, wie sie früher war. Ich hab's versucht, aber ich erkenne sie einfach nicht wieder. Das ist nicht mehr die Grandma auf deiner Geburtstagskarte.«

Jess legt mir den Arm um die Schultern und zieht mich an sich. Erst mache ich mich steif, weil sie schließlich meine Schwester ist, aber dann fühlt es sich doch schön an, und ich wehre mich nicht mehr.

»Grandma war total lieb. Grandpa auch. Er hat mir

einen Bogen und Pfeile geschnitzt, und Grandma konnte toll vorlesen. Sie hat uns immer vor dem Schlafengehen vorgelesen: *Der kleine Hobbit, Sophiechen und der Riese* und die Artussage. Weißt du das denn noch?«

Ich erinnere mich an das Auenland, an den Riesen und die Ritter der Tafelrunde, und auch an Grandmas Vorlesestimme, aber nicht an ihr Gesicht.

»Macht nichts«, sagt Jess. »Denk einfach immer dran, dass die Grandma im Pflegeheim nicht unsere richtige Grandma ist. Nicht mehr. Sie ist jetzt eine andere und wird nie mehr wie früher sein. Deswegen ist Mum auch so traurig. Stell dir bloß mal vor, unsere Mutter wäre von einem Dämon besessen und müsste in ein Pflegeheim ziehen und den ganzen Tag im Bett liegen und –«

»Das will ich mir gar nicht vorstellen.«

»Ich mir auch nicht.«

Plötzlich kracht es unten in der Diele.

Ich springe auf, lege das Ohr an die Tür und horche mit zugekniffenen Augen. *Peng!* macht es, als etwas auf den Boden fällt. Daisy kläfft los, und jemand flucht: »Verdammte Scheiße!«

Mum!

Ich reiße die Tür auf und renne die Treppe runter.

Überall auf den abgetretenen Holzdielen liegen Glasscherben, und darum herum breitet sich eine dunkelrote Pfütze aus. Die rote Flüssigkeit läuft in die Ritzen und schwappt in Richtung der aufgerissenen Einkaufstüte, die Daisy interessiert beschnüffelt, während Mum die Scherben –

Ich bleibe wie angewurzelt auf der untersten Treppenstufe stehen, so dass Jess in mich reinrennt.

Das ist nicht Mum, die da auf dem bespritzten Boden kniet.

Das ist nicht Mum, die da schimpft: »MistmistmistmistmistLassdasDaisyMistmistmist!«

Das ist nicht Mum, die da die Glassplitter einsammelt.

Das ist nicht mal eine Frau.

11

»Hallo«, sagt der Mann.

Jess will sich an mir vorbeidrängeln, aber ich kann mich nicht rühren. Ich würde gern fragen: »Wer sind Sie?« und »Was machen Sie hier?« und »Warum bringen Sie uns den Einkauf?«, aber aus meinem Mund kommt nur ein klägliches Piepsen.

Jess verschränkt die Arme, so wie sie es immer macht, wenn ich behaupte, ich hätte mir ihre DVD nicht heimlich ausgeliehen. »Was machen Sie hier?«, fragt sie. Es klingt zwar ein bisschen besser als mein Gepiepse, trotzdem höre ich heraus, dass auch sie Angst hat.

Mein Herz hämmert wie verrückt. Ich taste nach Jess' Hand, und als ich sie zu fassen kriege, lasse ich sie nicht mehr los. Aber wenn der Mann ein Einbrecher wäre, wäre er doch jetzt abgehauen, oder? Und er hätte bestimmt auch keine Lebensmittel mitgebracht. Ich überlege, was ich noch sagen könnte, bringe aber immer noch kein Wort heraus.

Der Mann sieht mich an und sagt: »Du bist bestimmt Liam.«

Daisy beschnuppert immer noch die zerrissene Tüte. Ihr Schwanz fegt *Wusch-wusch-wusch* über den Fußboden, und sie bellt nicht. Wieso nicht?

Dann geht mir ein Licht auf. Warum mich Mum nicht von der Schule abgeholt hat, warum ein fremder Mann in unserem Haus steht und mit Jess und mir redet, als würde er uns kennen.

Weil Mum mit ihm zusammen war.

Dass ich an sie denke, beschwört sie anscheinend herbei, denn jetzt kommt sie mit noch mehr vollen Einkaufstüten zur Tür herein.

»Hallo, Kinder«, sagt sie und bleibt stehen, als sie die Schweinerei auf dem Fußboden sieht. »Lass gut sein, Gary, ich hole gleich einen Besen. Kannst du Daisy bitte ins Wohnzimmer sperren, Jess? Nicht, dass sie sich noch eine Scherbe in die Pfote tritt.«

Daisy kommt zu mir getrottet und beschnuppert mein Bein, ich gehe in die Hocke und streichle ihren Kopf. Ihr seliger Blick lässt mich lächeln, und sie wedelt wie wild. Wenn ich Daisy erzählen würde, dass Matt mir Erde in den Mund gestopft hat, würde sie die Schnauze auf mein Knie legen, mit dem Schwanz wedeln und alles tun, damit ich wieder fröhlich bin.

Mum dagegen hat ihr Versprechen gebrochen. Sie hat mich nicht von der Schule abgeholt und noch nicht mal gesagt, dass es ihr leidtut.

Als sie jetzt auf mich zukommt, denke ich schon, sie will sich doch noch entschuldigen, aber sie geht bloß an mir vorbei in die Küche und stellt die Tüten auf den Tisch. Ich schaue ihr nach und sage nichts. Manchmal fällt es einem schwer, sich zu entschuldigen, zum Beispiel, wenn du dich über deine Schwester geärgert und sie so fest geschubst hast, dass sie heult, und daraufhin fühlst du dich wie der gemeinste Mensch aller Zeiten, aber wenn du dich jetzt entschuldigst, glaubt sie, sie kann sich alles erlauben, und führt sich auf, als wäre sie die Kaiserin von China. Oder wenn du heimlich lauter Scherzanrufe vom Festnetz gemacht hast, und die Telefonrechnung kommt, und deine Mutter schimpft: »Glaubt ihr eigentlich, ich bin Millionärin?«, und sie weiß genau, dass du es warst, aber wenn du dich dafür entschuldigen würdest, müsstest du es auch vor dir selbst zugeben und würdest dich mies fühlen.

Ja, manchmal fällt es einem schwer, sich zu entschuldigen – aber mich bei Mum zu entschuldigen, fällt mir meistens leicht.

Und Mum entschuldigt sich *immer* bei mir.

Aber diesmal nicht.

Jess packt Daisy am Halsband und verfrachtet sie ins Wohnzimmer. Als Mum mit Schaufel und Besen aus der Küche kommt, stehe ich immer noch auf der untersten Treppenstufe. Ehe sie den Mund aufmachen kann, sage ich: »Ich hab nach der Schule auf dich gewartet.«

Erst runzelt sie verständnislos die Stirn, aber dann lässt sie Schaufel und Besen fallen, kommt zu mir, fasst meine Hände, zieht mich von der Stufe und nimmt mich in den Arm. Es fühlt sich warm und irgendwie richtig an, auch wenn ich ihr noch böse bin oder nicht-mehr-aber-eigentlich-doch.

»Oje, Liam, das tut mir leid! Ich habe einfach die Zeit vergessen!«

Ich mache die Augen zu und erwidere die Umarmung. Wenn sie es einfach nur vergessen hat, dann …

»Bist du auch von einem Dämon besessen wie Grandma?«, frage ich.

»Wie bitte? Ach, du meinst, ob ich dement bin? Aber nein! Es ist nur … ich habe in letzter Zeit so viel im Kopf, und als ich Einkaufen war, ist mir Gary über den Weg gelaufen, und wir haben uns unterhalten und … ach, es hat so gutgetan, mal mit jemandem reden zu können!«

»Du kannst doch mit mir reden«, sage ich.

Seit Dad uns verlassen hat, hat Mum noch keinen Freund gehabt. Jess sagt immer, sie soll öfter ausgehen und sich einen suchen, aber jetzt, wo der fremde Mann hier ist, fühlt es sich falsch an. Schnell rufe ich mir Dad ins Gedächtnis und versichere ihm stumm, dass ich ihn nicht vergessen habe, auch wenn er mich offenbar vergessen hat.

»Das stimmt natürlich, Schätzchen, aber das ist nicht dasselbe. Gary ist in einer ganz ähnlichen ... ach herrje, ich rede schon lauter Unsinn. Ich möchte einfach nur sagen, dass es mir unendlich leidtut.«

»Schon in Ordnung.«

»Nein, es ist nicht in Ordnung!«, knurrt Jess mit zusammengebissenen Zähnen. Daisy ist nicht zu halten. Sie schleift Jess wieder in die Diele und strebt auf die Einkaufstüte zu. »Sitz, Daisy!«, schimpft Jess.

»Jess hat recht«, sagt Mum. »Es ist nicht in Ordnung. Dass ich dich vergessen habe, war nicht in Ordnung, Liam.«

Auf ihrer Stirn erscheinen drei waagerechte Falten, ihre Augen füllen sich mit Tränen, und ich umarme sie rasch wieder, weil ich nicht will, dass sie weint. Wenn Mum weint, fühlt sich mein Bauch immer an, als hätte ich einen Hamster verschluckt, der kreuz und quer durch meinen Magen flitzt.

»Mir tut es auch leid, Liam«, ruft der Mann namens Gary aus der Küche. Er hat die Glasscherben zusammengekehrt und schüttet sie jetzt in den Mülleimer. Dann kommt er wieder in die Diele und sagt zu mir: »Nein, es ist nicht schön, wenn man allein gelassen wird. Es kommt bestimmt nicht wieder vor.«

Danach redet erst mal keiner mehr.

Sogar Daisy ist ruhig, nur ihre Augen betteln: *Bitte lasst mich an die Tüte ran, an die Tüte ran, an die Tüte ran!* Man hört nur noch die Vögel draußen in den Bäumen zwitschern.

»Geht's wieder?«, fragt Mum schließlich.

»Mhm-hm«, mache ich.

»Prima«, sagt Gary, hebt die zerrissene Tüte auf und bringt sie vor Daisy in Sicherheit. »Dann können wir ja wieder los.«

»Wo gehst du denn hin?«, will Jess von Mum wissen.

»Bloß noch was trinken. Aber es muss auch nicht sein, wenn es euch lieber ist, dass ich –«

»Schon in Ordnung«, sage ich wieder.

»Gut.« Ihr Blick bleibt kurz an mir hängen. »Gut. Ich bin auch bald wieder da, versprochen. Ihr beide bleibt hier, abgemacht?«

»Abgemacht«, sage ich.

Auch Jess nickt, aber als ich sie anschaue, weicht sie meinem Blick aus.

Kaum sind Mum und Gary draußen, rennt Jess hoch in ihr Zimmer und knallt die Tür zu. Doch nach ein paar Sekunden taucht sie wieder auf und sagt: »Wehe, du verrätst was! Ich bin sowieso wieder da, bevor sie zurückkommt.«

Ich laufe zur Haustür und drücke die Nase an die Scheibe. Die Rücklichter von Garys Auto blinken rot auf, als er langsam die Auffahrt hinunterfährt, dann auf die Straße einbiegt und verschwindet.

Jess kommt die Treppe runtergetrampelt und steckt schon mit einem Arm in ihrer Jacke. Sie zwängt den anderen Arm hinein und geht zur Tür.

»Wo willst du hin? Mum hat doch gesagt, wir sollen hierbleiben.«

»Seit wann mache ich, was Mum sagt?« Sie überprüft im Spiegel, ob ihre Haare sitzen.

»Eigentlich immer.«

»Wenn sie weggeht, darf ich das ja wohl auch.«

»Mit wem triffst du dich denn?«

Ich weiß genau, dass sie sich mit jemandem trifft, denn sonst ist sie nie so.

Als sie die Haustür öffnet, fegt ein Windstoß durch die Diele. Ich reibe mir frierend die Arme und sehe ihr nach, als sie rausläuft. *Wohin geht sie?* So viele Freunde kann sie in der kurzen Zeit doch noch nicht gefunden haben, oder? Wenigstens habe ich noch Daisy. Klar, sie ist unser Familienhund, aber mich mag sie am liebsten. Wenn sie schmusen will, kommt sie immer zuerst zu mir.

Ich strecke den Kopf aus der halb offenen Haustür, und Daisy kommt zu mir und streckt auch den Kopf raus. Jess ist schon am Ende der Auffahrt, gleich ist sie auch weg. Daisy steht da und wedelt mit dem Schwanz, und ich stehe da und kann mich nicht entscheiden.

Mum hat gesagt, dass wir hierbleiben sollen, aber Mum ist weg, und Jess ist weg, und nur ich bin noch da.

Daisy schaut erwartungsvoll zu mir hoch.

Ich bin sowieso wieder da, bevor sie zurückkommt, hat Jess gesagt.

Dann kann sie nicht sehr weit wegwollen.

»Hast du Lust auf einen Spaziergang?«, frage ich Daisy.

Sie springt begeistert an mir hoch. Ich mache die Tür weit auf, und sie fliegt richtig nach draußen, so eilig hat sie es. Dann trete ich auch in die abendliche Kälte hinaus.

12

Staub und Kies spritzen unter meinen Schuhen, als ich die Auffahrt hinunterrenne.

Vögel flattern aus den Bäumen auf. Am Gartentor hole ich Daisy ein und packe sie am Halsband.

Die Sonne geht schon hinter den Bäumen unter, pechschwarz stehen sie um die Kirche herum. Ich lasse Daisy los, und sie trippelt eifrig wedelnd vor mir her. Wo kann Jess bloß hingegangen sein? Ich schaue mich nach allen Seiten um. Weit kann sie noch nicht gekommen sein.

Da! Ein ganzes Stück vor mir geht sie mit schnellen Schritten in Richtung Kirche. Hat sie den Gargoyle etwa auch entdeckt? Dieser Gedanken versetzt mir einen Stich. Keine Ahnung, warum, schließlich gehört er mir ja nicht. Aber ich habe ihn zuerst gefunden.

Ich trabe los. Daisy bleibt bei Fuß, dabei kann sie schneller rennen als Usain Bolt, wenn sie will. Vielleicht erinnert sie sich ja an unseren letzten Ausflug zur Kirche. Vielleicht hat sie sich da genauso gefürchtet wie ich. Daisy ist ein komischer Hund. Sie bellt laut und tief, *Wu-wu-wu!*, aber in Wirklichkeit ist sie so ängstlich wie ein

Eichhörnchen. Als sie mal eine Taube gejagt hat, hat die Taube sich umgedreht und ist ihr ins Gesicht geflattert. Daisy hat vor Schreck einen Satz rückwärts gemacht und sich mit eingeklemmtem Schwanz im Haus verkrochen.

»Wir müssen ganz leise sein!«, flüstere ich.

Daisy versteht viele Wörter, vor allem »Futter« und »Leckerli« und »Spazierengehen«. »Leise« versteht sie hoffentlich auch, denn wenn sie uns verrät, bringt Jess mich um. Mit wem auch immer sie sich treffen will, Mum darf offenbar nichts davon wissen, also ist strengste Geheimhaltung angesagt.

Zum Glück ist die Straße asphaltiert, und wir können einigermaßen geräuschlos rennen. Dann haben wir die Wiese erreicht, und hinter dem Friedhofstor erhebt sich auch schon die Kirche, als wollte sie nach den Wolken greifen.

Daisy schnuppert im Gras herum, und auf einmal zieht sie den Schwanz ein.

Ich ducke mich sofort hinter den nächstbesten Grabstein. Er ist ziemlich klein, aber zum Verstecken reicht es. Die Inschrift darauf lautet:

CLAIRE SMITH

Viel zu früh

12. September 1928–16. Januar 1941

Ich überlege gerade, was Claire Smith wohl zugestoßen sein mag, dass sie so jung gestorben ist, als Daisy plötzlich einen Satz macht und in Richtung Kirche saust.

»Hierher, Daisy!«, flüstere ich, denn laut zu rufen traue ich mich nicht, dann renne ich hinterher.

Vor dem Tor zum Vorbau bleibt Daisy stehen und dreht sich nach mir um, als wollte sie sagen: *Wo bleibst du denn?*

»Ist sie da drin?«, flüstere ich und sehe mich um. Keine Jess. Wenn es geschneit hätte, könnte ich ihren Fußspuren folgen, außer sie wäre superschlau und hätte sie verwischt.

Ich drücke die Tür vorsichtig auf und spähe in den Kirchenraum. Breite Lichtbahnen fallen durch die Fenster, man sieht Staubkörnchen in der muffigen Luft tanzen.

Bist du hier, Jess?

Vielleicht ist sie mir ja tatsächlich zuvorgekommen und ist schon drin. Und dann …

Ich betrete die Kirche auf Zehenspitzen und schleiche an kaputten Stühlen und Kaugummipapier vorbei. Dabei kommt es mir vor, als ob mich die Steinfratzen an den Säulen beobachten. Daisy läuft mit der Nase am Boden voraus.

»Warte, Daisy!«

Vor der Sakristeitür hält sie an und schaut sich wieder nach mir um.

Ich lege den Finger auf die Lippen und schleiche weiter, bis ich neben ihr stehe. Die Tür ist geschlossen. Ich drücke das Ohr daran.

Als plötzlich ein Kichern ertönt, richte ich mich erschrocken auf und stoße mich beinahe an dem niedrigen Türbogen. Daisy dreht sich um und legt den Kopf schief.

Da – schon wieder! Gekicher, Gelächter und – Jess.

Daisy flitzt los. Ich zucke bei jedem Geräusch zusammen, das sie macht, und beschwöre sie stumm, stehen zu bleiben. Aber sie saust schon um die Ecke und zwischen den Bänken hindurch, und da sehe ich Jess. Ein Junge ist bei ihr, er streichelt ihr Gesicht und küsst sie. Als ich das sehe, wird mir einen Augenblick lang kotzübel, aber zum Glück habe ich einen Pferdemagen.

Der Junge küsst jetzt ihren Hals. Jess kichert und strahlt und hält seine Hand, und dann macht sie die Augen auf und erblickt mich.

»LIAM!«, schreit sie, dass es nur so von den Wänden widerhallt.

Daisy springt schwanzwedelnd zu ihr, aber Jess begrüßt sie nicht mal. Dafür bückt sich der Junge und streichelt Daisys weichen Kopf. Jess stemmt die Hände in die Hüften, was immer ein schlechtes Zeichen ist, und kommt auf mich zugestapft.

»Was hast du hier zu suchen?«, fragt sie streng.

Und ich erwidere: »Das Gleiche könnte ich dich fragen.«

Das hat Mum mal zu irgendwem gesagt, und es ist eine gute Antwort, wenn dich jemand etwas Peinliches fragt. Es ist wie eine Du-kommst-aus-dem-Gefängnis-frei-Karte, aber diesmal hält die Wirkung leider nur eine Sekunde an, denn jetzt rammt mir Jess ihren spitzen Fingernagel in die Brust.

»Ich hab doch gesagt, du sollst zu Hause bleiben!«

»Das hat Mum gesagt. Du hast gar nichts gesagt.«

»Und warum bist du dann nicht zu Hause geblieben?«

»Das Gleiche könnte ich dich –«

»Halt die Klappe!«

Mir entfährt ein lautes *Schluck!*, denn ihr Gesicht ist auf einmal knallrot, ihr Blick stechend, und ihr Mund ein langer, dünner Strich.

»Ich … äh, ich wollte …« Ich überlege fieberhaft, aber das Einzige, was mir einfällt, ist: »Ich wollte den Gargoyle besuchen.«

Warum habe ich das bloß gesagt?

»Welchen Gargoyle?«

Der Junge kommt jetzt zu uns, gefolgt von Daisy, die vor lauter Aufregung hechelt. Er streckt mir die Hand hin, und ich nehme sie.

»Ich bin Ben«, sagt er, »und du bist bestimmt Liam.«

Jess faucht ihn an: »Gib ihm gefälligst nicht auch noch die Hand! Er hat uns nachspioniert!«

»Ich wollte nur den Gargoyle besuchen!«

Jess verschränkt herausfordernd die Arme vor der Brust. »Soso. Wo ist denn dein komischer Gargoyle? Zeig ihn uns doch mal!«

Wie kann man nur so blöd sein, Liam!

»Na, hier!« Ich zeige nach oben auf die nächstbeste Steinfratze.

»Und warum stellst du dich dann vor die Tür hier?«

Sie schubst mich weg und reißt die Sakristeitür auf.

»Hier drin ist kein Gargoyle«, sagt sie.

Und ich sage: »Was?!«

»Hier ist nichts«, sagt sie.

Und ich sage noch mal: »Was?!«

Mein Herz pocht zum Zerspringen, ich dränge mich an ihr vorbei. Im Comic hätte ich jetzt Augen wie Untertassen, und über meinem Kopf würden riesige rote Fragezeichen schweben.

Denn auf den eingestaubten Regalen in der Sakristei liegen Bücher, auf dem eingestaubten Fußboden stehen Kartons, und von der Decke hängen Spinnweben. Keine Spur von einem Gargoyle.

Jess hat recht.

Er ist weg.

13

»Ein Wort zu Mum, und du kannst dein Testament machen.«

Das ist alles, was Jess auf dem Heimweg zu mir sagt.

Davor hat sie noch gesagt, ich hätte »alles versaut«, und zu Ben hat sie gesagt: »Geh jetzt lieber.« Zuletzt hat sie zu mir gesagt: »Fang den verflixten Hund ein«, und jetzt sind wir auf dem Heimweg, damit »Mum mir den Tag nicht noch mehr verdirbt als du«.

Wenn sie will, kann Jess richtig böse werden.

Einmal ist sie heimlich in Mums Zimmer gegangen und hat sich das Glätteisen ausgeliehen. Sie hat ihren Pony so lange damit bearbeitet, bis er einfach – *Ratsch!* – abgerissen ist. Ich habe mir echt Mühe gegeben, nicht zu lachen, aber wer schon mal jemanden mit abgerissenem Pony gesehen hat, der weiß, dass es ausgeschlossen ist, dabei ernst zu bleiben. Jedenfalls ist Jess so böse geworden, dass sie in mein Zimmer gestürmt ist und mich dreimal hintereinander gehauen hat.

Heute ist es mir allerdings ziemlich egal, ob sie sauer auf mich ist, denn ich kann nur an den Gargoyle denken.

Kennst du das, wenn du ein Geräusch hörst, das so unpassend ist, dass du glaubst, du wirst vielleicht verrückt? Einmal haben wir mit der Klasse einen Busausflug gemacht. Mitten auf der Autobahn habe ich plötzlich gehört, wie eine Kuh gemuht hat. Sam hatte es auch gehört. Wir haben uns angeschaut und einen Lachanfall bekommen, aber wir wissen bis heute nicht, ob wir uns das »Muh!« vielleicht nur eingebildet haben.

Genauso geht es mir jetzt.

Denn zuerst waren da die glühenden Augen.

Dann der warme Stein.

Und jetzt ist der Gargoyle verschwunden.

Natürlich kann es sein, dass ihn jemand aus der Sakristei geholt und weggebracht hat, aber ich habe noch nie gesehen, dass irgendwer die Kirche betreten hätte. Wie soll man außerdem eine schwere Statue wegtragen, die fast so groß ist wie die ganze Sakristei?

Grandmas Tagebuch fällt mir wieder ein. Ihr muss es damals genauso gegangen sein, als ihr Steinvogel plötzlich nicht mehr da war. Und meine Geschichte im Erzählkreis …

Sie handelte davon, dass der Gargoyle verschwunden ist, und jetzt ist er tatsächlich weg.

Das war doch bloß eine Geschichte. Mit Worten kann man keine Statue von der Stelle bewegen.

Als wir nach Hause kommen, ist Mum noch nicht wieder da. Nachdem ich Daisy gefüttert und ihren Wassernapf aufgefüllt habe, nehme ich meine Schultasche mit Grandmas Tagebuch drin und gehe in mein Zimmer.

Hoffentlich hat Grandma noch mehr über diesen Steinvogel geschrieben, sonst drehe ich durch!

Ich setze mich aufs Bett und überfliege das Tagebuch nach weiteren Einträgen über den Gargoyle. Aber nach der Stelle über den Schutt geht es nur noch darum, dass sie aus Frankreich fliehen müssen.

15. Juni 1940
Wir sind immer noch unterwegs!
Vater hat uns bis nach Saint-Malo gefahren, aber dort herrschte ein fürchterliches Durcheinander. Alles war voller Menschen und Autos. Die Autos waren bis obenhin vollgepackt, und die meisten Leute hatten zum Schutz vor Luftangriffen sogar Matratzen auf die Dächer gebunden.
Die Behörden haben uns erst in die Schweiz geschickt, und jetzt sind wir irgendwo in Spanien. Ich sehne mich danach, mal wieder in einem richtigen Bett zu schlafen.
Ich sehne mich danach, endlich frei zu sein.

Danach kommen nur noch ganz kurze Einträge, und der Steinvogel wird nicht mehr erwähnt. Ich will das Tagebuch schon weglegen, als mein Blick an diesem Eintrag hängen bleibt:

13. August 1940

Das war ein grässlicher Vormittag.

Jemand hatte mein Matheheft geklaut (ich wette, es war Claire, sie kann mich nämlich nicht leiden) und Miss Newbury hat mir zwei Schläge mit dem Rohrstock verpasst, weil sie dachte, ich hätte die Hausaufgaben nicht gemacht.

Es hat schrecklich weh getan, das kannst du mir glauben!

Aber als die Schule aus war, ist etwas Unglaubliches passiert. Die schönste Überraschung meines Lebens! Ich hatte noch keine Lust, nach Hause zu gehen, und hier in Swanbury gibt es eine alte Kirche mit einem hohen Turm. Ich wollte sie zeichnen und den Friedhof drumherum auch, und rate mal, wen ich da wiedergetroffen habe?

Steinvogel!

Keine Ahnung, wie er plötzlich hierherkommt, aber er ist es. Ich habe ihn sogar mit meinen alten Zeichnungen verglichen. Die gleiche Haltung, der gleiche Kopf, die gleichen Augen. Trotzdem könnte ich schwören, dass er vorher noch nicht da war – und jetzt sitzt er auf einmal oben auf dem Dach der Kirche und schaut über den Friedhof.

Ich würde Mutter furchtbar gern davon erzählen, aber sie würde mir sowieso nicht glauben, und Vater hat zu viel damit zu tun, sein neues Juweliergeschäft einzurichten.

Macht nichts. Ein Geheimnis zu haben, ist auch schön.

Mein Steinvogel ist wieder da!

Ich hab doch gewusst, dass er mich die ganze Zeit beschützt hat.

Ich klappe das Buch zu und sitze ganz still, aber in meinem Kopf dreht sich alles, und die Gedanken überschlagen sich.

Natürlich ist mir klar, dass eine Statue Grandma nicht von Paris nach Swanbury gefolgt sein kann. Aber eigentlich ist es auch egal, ob es wirklich so war oder ob sich Grandma das Ganze nur ausgedacht hat. Wenn ihr Steinvogel tatsächlich mein Gargoyle ist, dann gehört er uns beiden und ist unser beider Geheimnis.

Dann haben wir noch etwas gemeinsam.

Denk dran, vielleicht ist sie eine Mörderin, rufe ich mir in Erinnerung.

Ich habe in ihrem Tagebuch zwar bis jetzt keinen Hinweis darauf entdeckt, aber das hat nichts zu bedeuten. Es muss ja nicht unbedingt während des Krieges passiert sein, sondern sie könnte ja auch …

Sie könnte ja auch hier in Swanbury jemanden umgebracht haben.

Plötzlich fühlt sich das Tagebuch ganz heiß an. Ich schiebe es rasch wieder unters Bett.

Trotzdem passt das alles nicht zusammen. Bevor ich das Tagebuch entdeckt habe, war Grandma für mich eine Fremde, aber inzwischen ist sie irgendwie meine Freundin geworden, auch wenn sie selbst nichts davon ahnt. Je mehr ich lese, desto normaler kommt sie mir vor.

Bringt ein normales Mädchen einfach jemanden um?

14

Als ich am nächsten Morgen nach unten komme, liegt Mum schlafend auf dem Sofa.

Sie hat dunkle Flecken unter den Augen, wie die braunen Stellen auf angestoßenem Obst, und in der herabhängenden Hand hält sie noch das Weinglas. Ich setze mich auf die Sofakante, nehme ihr das Glas vorsichtig aus der Hand und stelle es auf den Tisch. Ein Rest Rotwein ist noch drin, aber er ist schon eingetrocknet. Die Flasche ist leer.

»Mum?«, flüstere ich.

Sie öffnet blinzelnd die Augen.

»Mein Schätzchen.«

»Ist nicht schlimm, wenn du mich heute nicht von der Schule abholen kannst.«

Sie lächelt und sieht aus, als wollte sie noch etwas sagen, doch da fallen ihr die Augen wieder zu.

Ich streiche ihr das Haar aus dem Gesicht, dann sitze ich einfach nur da und lausche auf die Geräusche in dem stillen Haus, die kaum hörbaren Geräusche, die man sonst nur wahrnimmt, wenn man nicht einschlafen kann.

Manchmal glaube ich, Häuser sind uns Menschen ganz ähnlich. Sie werden genauso müde wie wir und seufzen genauso wie wir. Wenn man richtig hinschaut, haben sie sogar Gesichter – die Fenster sind Augen, und die Haustür ist der Mund.

Wenn Mum ein Haus wäre, dann wäre sie weiß angestrichen wie die Häuser an der Kirche. Ihr Gesicht ist so schneeweiß wie eine Maske. Sie macht sich nichts aus Halloween, aber mit diesem Gesicht würden ihr die Nachbarn bestimmt bergeweise Süßigkeiten zustecken.

»Sie liegt schon die ganze Nacht hier unten«, sagt jemand.

Jess steht in der Tür. Sie trägt keine Schuluniform.

»Gehst du heute nicht in die Schule?«, frage ich.

»Nö.«

Anscheinend redet sie noch nicht wieder mit mir.

Was ist mit ihr los? Sie führt sich auf wie mein Freund Dave aus Colchester. Dave hat auch nie gemacht, was seine Mutter gesagt hat, außer er hatte selbst Lust dazu, und das kam eher selten vor. Er hat bis nachts um zwölf Playstation gespielt und sein ganzes Taschengeld für Süßigkeiten ausgegeben, und morgens hat er sich im Park versteckt, damit er nicht beim Schuleschwänzen erwischt wird.

Mum meinte immer, Dave wäre »kein guter Umgang« für mich. Wahrscheinlich hatte sie Angst, dass ich auch anfangen würde, die Schule zu schwänzen. Um ihr eine Freude zu machen, habe ich mich nicht mehr so oft mit Dave getroffen, und dann sind wir ja sowieso weggezogen, und die Sache hatte sich erledigt.

Jess' neuen Freund fand ich gestern in der Kirche eigentlich ganz nett, aber vielleicht ist er ja auch nicht gut für sie, denn früher hat sie nie die Schule geschwänzt. Weil sie auf mich sowieso nicht hört, sehe ich sie nur an, bis sie sich wortlos umdreht und weggeht.

Sie ist immer noch sauer, weil sie denkt, ich hätte ihr nachspioniert.

»Bis nachher, Mum«, sage ich, bevor ich aus dem Haus gehe.

»Heute beschäftigen wir uns mit der Weißen Maus«, verkündet Mrs Culpepper.

»Was haben Mäuse denn mit dem Zweiten Weltkrieg zu tun?«, fragt Matt.

Mrs Culpepper schreibt *Die Weiße Maus* ans Whiteboard, dann dreht sie sich wieder um und antwortet: »Es geht nicht um irgendwelche Mäuse, sondern um eine ganz bestimmte. ›Die Weiße Maus‹ war der Deckname einer der größten Heldinnen im Zweiten Weltkrieg.«

Sie erzählt uns von einer Frau namens Nancy Wake, die mitgeholfen hat, Leute aus Frankreich herauszuschleusen. Sie hat hochkarätige Spionageaufträge ausgeführt und einmal sogar mit bloßen Händen einen Mann getötet. Das hat den Deutschen natürlich gar nicht gefallen. Sie haben ihren Mann gefoltert, damit er ihren Aufenthaltsort verrät, aber er hat geschwiegen.

»›Weiße Maus‹ wurde sie genannt, weil sie so raffiniert und unauffällig vorgegangen ist«, sagt Mrs Culpepper. »Sie ist ihren Feinden jedes Mal entwischt. Könnt ihr euch vorstellen, dass euch hinter jeder Ecke mordlustige Verfolger auflauern? Ich möchte, dass ihr euch jetzt vorstellt, ihr wärt ein Spion auf feindlichem Gebiet und müsstet euch einen Decknamen ausdenken, der richtig gut zu euch passt. Aber damit das Ganze ein bisschen lustiger wird, möchte ich, dass ihr euren Decknamen zeichnet. Die besten Bilder hängen wir hier im Klassenzimmer auf.«

Sie teilt Papierbögen aus, dann nickt sie auffordernd, und es raschelt und klappert, als alle ihre Stifte rausholen und loslegen. Ich nehme den Stift in die Hand, ziehe das Blatt zu mir heran und betrachte die leere Fläche.

Woher soll ich wissen, welcher Deckname zu mir passt? Eigentlich müsste mir das leichtfallen, denn in letzter Zeit komme ich mir tatsächlich ein bisschen wie ein Spion vor. Ich schnüffle in den Privatangelegenheiten meiner Großmutter herum, weil ich herausfinden will, ob sie eine Mörderin ist. Aber je länger ich auf das leere Blatt starre, desto schwerer fällt es mir anzufangen. Grandma hätte bestimmt längst drauflos gezeichnet.

Mrs Culpepper geht von Tisch zu Tisch und schaut uns über die Schulter, darum kritzle ich einfach irgendwas. Ich kritzle und schraffiere und kritzle und schraffiere, bis ich höre, dass sie hinter mir steht. Als ich aufblicke, kneift sie stirnrunzelnd die Augen zusammen.

»Was soll das darstellen?«

Ich blicke auf das Blatt. Das Wesen auf meiner Zeichnung hat Hörner, Flügel und scharfe Klauen und blickt grimmig. Plötzlich wird mein Gesicht ganz heiß, und ein Schweißtropfen läuft mir in den Kragen. Offenbar habe ich mir den Decknamen »Steinvogel« ausgesucht.

»Das … äh … ist ein Gargoyle. So einer wie die Figuren an manchen alten Kirchen.«

»So einer wie in Paris, in der Geschichte über deine Großmutter?«

»Ich glaub schon.«

Sie will etwas sagen, überlegt es sich dann aber anders und fragt stattdessen: »Gibt es etwas, worüber du gern mit mir reden möchtest, Liam?«

Warum sieht sie mich so an?

»Nein«, sage ich.

Sie nickt, als hätte sie einen Entschluss gefasst, dann tippt sie auf meine Zeichnung. »Es gibt wohl kaum ein prachtvolleres und edleres Geschöpf als den Gargoyle. Ich bin schon gespannt auf die fertige Zeichnung.« Sie wendet sich ab und will zum nächsten Tisch gehen.

»Mrs Culpepper?«

»Ja, bitte?«

»Was meinen Sie damit, dass es kein prachtvolleres und edleres Geschöpf gibt? Was hat der Gargoyle denn für eine Bedeutung? Wofür ist er da?«

Ihr Gesicht verzieht sich in hundert freundliche Fältchen. Ob sich auch in ihr eines Tages ein Dämon einnistet und sie in ein Gespenst verwandelt, das heult und schreit und aus dessen Augen der Hass lodert?

»In den alten Sagen aus der Zeit König Artus' taucht der Gargoyle als mächtiger Beschützer der Menschen vor Dämonen und bösen Geistern auf. Manche Leute fürchteten ihn aber auch, weil sie glaubten, er sei gefährlich.«

Das Herz schlägt mir bis zum Hals, und vor meinem inneren Auge blitzen lauter Bilder auf, aber so schnell hintereinander, dass ich daraus nicht schlau werde. In meinen Ohren hallen Mrs Culpeppers Worte wie ein Echo wider: *Beschützer der Menschen vor Dämonen und bösen Geistern, Beschützer der Menschen vor Dämonen und bösen Geistern.*

Ich reiße mich zusammen und frage: »Und was glauben Sie?«

»Dass es wunderbare Geschichten sind«, antwortet Mrs Culpepper, geht zum nächsten Tisch und ruft aus: »Ui, ein Drache!«

Als die Stunde zu Ende ist, sammelt sie unsere Zeichnungen ein und legte sie auf ihren Tisch. »Wunderbar«, sagt sie. »Ich freue mich schon darauf, sie mir in Ruhe anzuschauen.«

Dann holt sie das marmorne Ei aus der Schublade, hebt es hoch, und es wird still.

Sie schaut uns nacheinander an, jeden Einzelnen. »So. Wir haben uns den anderen vorgestellt, und wir haben uns Geschichten über den Krieg erzählt. Jetzt wollen wir zu eigenen Geschichten übergehen.«

Ein aufgeregtes Raunen wogt durch die Klasse.

Alle lieben das verzauberte Ei, alle sind ganz wild auf Geschichten, Geschichten, Geschichten. Sogar die anderen Klassen haben schon davon gehört, und auf den Fluren und auf dem Hof wird neidisch getuschelt, wenn einer von uns vorbeikommt. Bestimmt hätten die anderen Schüler auch lieber Geschichtenerzählen statt Mathe.

»Das Thema dürft ihr euch aussuchen. Es kann eine wahre Geschichte sein, über etwas, das ihr tatsächlich erlebt habt, aber ihr könnt euch auch etwas ausdenken, das ist genauso gut. Bitte sehr! Die Bühne gehört euch.«

Diesmal braucht sie uns nicht erst aufzufordern, uns im Kreis hinzusetzen.

Sie nimmt wieder in der Mitte Platz. Ich denke an das erste Mal, als ich etwas über mich erzählen sollte, daran, wie mir meine Zunge nicht gehorchen wollte und wie warm das Ei war, daran, dass ich kein Wort herausgebracht habe.

Los, lass dir was einfallen!

Ich denke an alles, was in dieser Woche passiert ist, an den Zwischenfall mit Jess und ihrem neuen Freund, an die Kirche – und an den Gargoyle.

Mrs Culpepper hat nicht gesagt, dass die Geschichte von uns selbst handeln muss.

Meine Finger sind ganz zappelig, aber ich beherrsche mich und verstecke die Hände hinter dem Rücken, damit die anderen nicht denken, dass ich eine Macke habe.

Wo ist das Ei?

Da! Ein Mädchen namens Samantha Potts hält es in der Hand. Zwischen ihr und mir sitzen noch vier andere Mitschüler.

Der Gargoyle – aber was soll ich erzählen?

»… und ich hatte meinen kleinen Bruder dabei, und ich war total aufgeregt und habe gar nicht gemerkt, dass ich mir auf die Lippe gebissen habe. Wir haben uns in die Schlange gestellt und ihm unsere Bücher zum Signieren hingehalten, und ich musste die ganze Zeit an die Stelle in *Unser Blauer Planet* denken, wo der Hai in Zeitlupe aus dem Wasser springt …«

Was macht so ein Gargoyle wohl den lieben langen Tag? Er sitzt oben auf einer Burg oder versteckt sich in einer Kirche und hält Wache.

Aber das ist nur unsere Sicht.

Einer meiner Lieblingsfilme ist *Toy Story*. Am besten

gefällt mir, dass das Spielzeug nur dann zum Leben erwacht, wenn niemand zuschaut. Natürlich weiß jeder, dass Spielzeug nicht lebendig werden kann und keine Gefühle hat – aber stimmt das wirklich? Woher wollen wir wissen, was passiert, wenn wir nicht hinsehen?

»Ich erzähl heute was über meinen Hund Bertie«, sagt ein Junge, dessen Namen ich vergessen habe. »Er ist der verfressenste Hund der Welt und bettelt die ganze Zeit. Am Wochenende hat er Farbe gefressen und überall im Garten blaue Häufchen gekackt …«

Jess hat mal gesagt, *Toy Story* ist eine Was-wäre-wenn-Geschichte. Was wäre, wenn Spielzeug tatsächlich lebendig werden könnte? Das sind meine absoluten Lieblingsgeschichten. Die besten Geschichten beginnen mit ganz kurzen, einfachen Fragen. Was wäre, wenn unsere Lehrerin eine Außerirdische wäre? Was wäre, wenn Daisy fliegen könnte? Was wäre, wenn die Dinosaurier zurückkehren würden?

Was wäre, wenn? Was wäre wenn?, geht es mir durch den Kopf, dann wird das Ei an mich weitergereicht und liegt warm in meiner Hand. Alle sehen mich erwartungsvoll an, und ich rede drauflos. Ich denke nicht groß nach, es sprudelt einfach aus mir heraus.

In der verfallenen Kirche wohnt ein Gargoyle. Er ist lebendig.

Ihr glaubt es vielleicht nicht, aber es ist wahr. Er haust dort im Dunkeln bei den Geistern und Gespenstern.

Vorletzte Woche habe ich ihn mit eigenen Augen gesehen.

Ich bin aus dem Haus gelaufen und den ganzen Weg bis zum Friedhof. Die Kirche ragte hoch vor mir auf und war so tot, dass sie schon fast wieder lebendig war.

Der Wind heulte, und die Bäume ächzten, als wollten sie mich warnen: Geh nicht hinein! Geh nicht in die Kirche! Dort spukt es!

Ich hörte nicht auf sie.

Ich drückte die Tür auf und ging hinein, und um mich herum huschten und zischelten die Gespenster.

Aber ich ging weiter, als würde ich magisch von ihm angezogen.

Von dem Gargoyle.

An jedem seiner Flügel saßen drei Klauen. Sein geringelter Schwanz war lang und dünn und lief in einem spitzen Stachel aus. Und seine Beine – er hatte Beine wie ein Löwe. Er streifte durch die finstere Kirche, und dann drehte er sich nach mir um.

Ich sah ihn an, und er mich. Sein glühender Blick durchbohrte mich, flackernd wie weißglühendes Mondlicht, und als ich ihn so ansah, ging etwas Seltsames mit mir vor.

Ich wusste auf einmal, dass er früher auf einer Kathedrale in Paris gelebt hatte. Er hatte über Notre-Dame gewacht und über die Menschen in der Umgebung der großen Kirche, aber keiner von ihnen hatte je zu ihm hochgeschaut und ihm dafür gedankt. Das wusste ich, weil mich der Gargoyle daran teilhaben ließ.

Ich sah auch vor mir, wie er auf der Suche nach einem neuen Zuhause in die Nacht hinausflog.

Ich sah und wusste das alles, weil ich ihm in die Augen blickte.

Und ich begriff, dass auch er alles über mich wusste.

Er sprach nicht zu mir, aber ich hörte ihn trotzdem. So wie man hören kann, was ein Hund denkt, wenn er einen anschaut. Ich wusste, was mir der Gargoyle sagen wollte.

Dass er auf mich aufpasst.

Dass ich nicht allein bin.

Dass er mich beschützt.

Ich starre auf den Boden und balle krampfhaft die Faust um das Ei. Alle Blicke sind auf mich gerichtet, alle schauen mich an.

Sogar Matt.

Sogar Mrs Culpepper.

»Was für eine Phantasie!«, sagt sie.

Als ich das Ei an Tilly weitergebe, sieht mich Mrs Culpepper immer noch an, und sie lässt mich auch nicht aus den Augen, als Tilly jetzt erzählt, wie sie mal den Weltrekord im Salzstangen-Schnellessen brechen wollte.

Eigentlich würde ich gern zuhören, denn ich und alle an meiner alten Schule haben das auch schon versucht. Leider kriegt man dabei so einen trockenen Mund, dass man irgendwann nicht mehr schlucken kann. Aber Mrs Culpeppers eindringlicher Blick lenkt mich ab, und ich bekomme eine Gänsehaut davon.

Meine Hände sind noch ganz warm von dem Ei. Ich betrachte sie nachdenklich. Wo ist die Geschichte über den Gargoyle plötzlich hergekommen? Habe ich sie mir wirklich nur ausgedacht?

Als ich den Kopf wieder hebe, nickt Mrs Culpepper Tilly zu und stimmt in das fröhliche Gelächter der anderen ein.

15

Nach der Schule gehe ich die Hauptstraße entlang, am Postamt vorbei, wo lauter Jungen und Mädchen redend und lachend zusammenstehen. Sie haben ihr ganzes Leben in Swanbury verbracht. Sie kennen ihre Freunde schon ewig und sind in großen Gruppen unterwegs, kicken Fußbälle vor sich her, spielen Fangen oder balancieren auf dem Bordstein.

Ich habe niemanden.

Ich bin der Neue. Ich kann nicht einfach zu ihnen hingehen. Sie haben schon genug Freunde, mit denen sie lachen und sich Witze erzählen können. Ich kenne nur einen einzigen guten Witz:

Was bestellt ein Frosch im Restaurant?

Quark.

An meiner alten Schule habe ich diesen Witz mal einem Mädchen erzählt. Sie hat gelacht, und ihre Augen haben mich dabei angestrahlt, und – apropos Weltrekorde – mein Magen hat den weltgrößten Purzelbaum geschlagen. Leider ist mir dann nichts mehr eingefallen, was ich noch hätte sagen können, und das Schweigen zog sich endlos in die Länge, bis sie »Tschüs« gesagt hat und weggerannt ist.

Bestimmt passiert das Gleiche wieder, wenn ich hier jemanden anspreche.

»Hey!«

Vor Schreck bleibt mir fast das Herz stehen.

Auf der gegenüberliegenden Straßenseite bewegt sich etwas.

Nein, nicht etwas, sondern jemand. Sie sind wieder da. Alle drei. Und sie kommen auf mich zu.

»Nette Geschichte, Liam.« Matt kickt einen Stein nach mir. »Es gibt nur ein Problem: Du erwartest doch wohl nicht, dass ich dir diesen Schwachsinn abkaufe, oder?«

»Die Geschichten müssen doch nicht unbedingt wahr sein«, wendet der schmächtige Rattenzahn ein.

»Halt's Maul, Cheesy«, knurrt Matt und verpasst ihm einen Knuff.

Sie bauen sich vor mir auf und sind auf einmal größer als Riesen.

Bis nach Hause ist es nicht mehr weit. Wenn ich sie ablenken kann, kann ich vielleicht fliehen.

»Und wenn es doch eine wahre Geschichte ist?«, sage ich.

Sie lachen nur.

Ich renne los.

Meine Schuhe trommeln über das Straßenpflaster, als

ich die Straße zur Kirche hochflitze, und ihr Getrampel hinter mir ist lauter als das der Orks in *Herr der Ringe*.

»Schnappt ihn euch!«, brüllt Matt.

Ich springe über die niedrige Friedhofsmauer, komme schlitternd auf dem holprigen Boden auf und sprinte hakenschlagend zwischen Grabsteinen und Erdhügeln weiter. Das Gras dämpft ihre Schritte, so dass ich mir fast einbilden kann, sie seien gar nicht da, aber –

»Komm sofort her, du Feigling!«

Ich laufe durchs hohe Gras und hinten um die Kirche herum. Erst an der verwitterten Tür halte ich an. Matt und seine beiden Freunde sind ganz aus der Puste. Matts Augen sind riesengroß und funkeln bösartig, er zieht die Nase kraus und bleckt die Zähne.

»Du, Matt«, sagt Cheesy.

Aber Matt dreht sich nicht um.

»He, Matt«, sagt der andere Junge, der Joe heißt.

Matt dreht sich immer noch nicht um.

Die beiden anderen kommen nicht näher.

Sie sind am Rand der Wiese stehen geblieben.

»He, Alter«, sagen sie, »hör doch mal.«

Matt stößt einen ärgerlichen Laut aus, dreht sich dann aber endlich nach ihnen um. Er schnaubt und dampft wie ein Wasserkessel kurz vor dem Kochen. »Was ist denn?«

»Hier stimmt was nicht«, sagt Cheesy.

»Du hast seine Geschichte doch vorhin gehört«, setzt Joe hinzu. »Hier spukt's.«

»*Seine blöde Geschichte ist mir scheißegal!*«, brüllt Matt und stapft wieder auf mich zu.

Ich schiebe mich rückwärts in Richtung Tür, einen Schritt, noch einen. Ich muss –

Da!

Ich bekomme den Knauf zu fassen, und schon bin ich drinnen und renne den Mittelgang entlang. Ich ducke mich hinter eine Bank und spitze die Ohren, höre aber keine Tür knarren, keine Schritte, keine Rufe. Ich höre gar nichts.

Vor Erleichterung entschlüpft mir ein lauter Seufzer.

Ich spähe zaghaft über die Lehne der Bank. Meine Hände sind schweißnass.

Sie sind weg.

16

Vielleicht glauben sie ja an Spukgeschichten.

Vielleicht haben sie *meine* Geschichte geglaubt.

Die Fratzen an den Säulen starren auf mich herab, und draußen scharren die kahlen Äste über die zerbrochenen Fenster. Wie ich so ganz allein in der leeren Kirche sitze, kann ich nachvollziehen, dass sie sich fürchten.

Aber hier ist nichts, wovor man sich fürchten müsste.

Mal abgesehen von einer Statue, die sich plötzlich in Luft auflöst.

Erst als ich ganz sicher bin, dass Matt nicht doch noch plötzlich hereingestürmt kommt, stehe ich auf und schlendere zur Sakristei hinüber. Mein Atem geht immer noch schnell, und ich drehe mich immer wieder um, weil ich mich vergewissern will, dass mich die drei nicht irgendwie austricksen.

Dann stehe ich vor der niedrigen Tür und lausche auf die unendliche Stille. Die kalte Luft ist voller Staub. Ich öffne die Tür und gehe die paar Stufen hinunter.

Er ist wieder da.

Er wartet im Dunkeln.

»Wo warst du denn?«, frage ich.

Spinn nicht rum, Liam. Jetzt redest du schon mit einer Statue!

Aber irgendwie spüre ich, dass er mich hört. Dass er mich versteht.

»Stimmt das alles?« Ich wage mich ein Stück näher ran. »Ich meine das, was Grandma in ihrem Tagebuch schreibt. Bist du wirklich aus Frankreich hierhergeflogen?«

Natürlich antwortet er nicht. Er kann ja nicht sprechen.

Er ist eine Statue. Aus Stein.

Er kann sich nicht bewegen.

Aber …

Plötzlich kommt mir ein Gedanke. Meine Geschichte handelte davon, dass er mich beschützt, und siehe da – Matt und seine Freunde haben mich in Ruhe gelassen. Sie sind mir nicht in die Kirche gefolgt. Weil sie nicht hereinkommen wollten – oder weil sie nicht *konnten*?

»Hast du dafür gesorgt, dass sie draußen geblieben sind?«, frage ich den Gargoyle. »Hast du mich beschützt?«

Aus der Nähe sind seine Augen größer als Tennisbälle, und sein Schnabel sieht so scharf wie ein Messer aus. Die mächtigen Flügel sind ausgebreitet und die Beine sprungbereit angewinkelt.

Ganz kurz sehe ich vor mir, wie er sich auf mich stürzt, verscheuche das Bild aber sofort.

Ich betrachte ihn von oben bis unten, doch nichts deutet darauf hin, dass er zwischendurch woanders war. Die Steinoberfläche ist glatt und unversehrt, er steht sogar wieder an der gleichen Stelle, als wäre er nie weggewesen.

»Weißt du was?«, sage ich, »es macht mir nichts aus, dass du verschwunden warst. Ehrlich gesagt bin ich sogar ganz froh darüber, denn Jess hätte sowieso nichts kapiert. Sie hätte es bloß Mum erzählt, und die hätte mir verboten, herzukommen und dich wiederzusehen. Ich würde nur gern …«

Was will ich eigentlich sagen?

Was mache ich eigentlich hier?

Es ist zwar sonst niemand da, trotzdem ist es komisch, laut mit der leeren Luft zu sprechen. Wenn Matt und die beiden anderen jetzt reinkommen würden, würde ich wahrscheinlich vor Scham tot umfallen – und wenn nicht, würden sie mich den Rest meines Lebens damit aufziehen.

Aber wenn es den Gargoyle nicht gäbe, wenn es die unheimliche Kirche nicht gäbe und wenn mir keine Geschichte darüber eingefallen wäre, dann würden mich die drei jetzt bestimmt verprügeln.

»Ich würde mich nur gern bedanken«, sage ich.

Die Worte verhallen in der modrigen Luft, und ich habe irgendwie das Gefühl, dass das noch nicht reicht.

Ich strecke die Hand aus und berühre sein kaltes,

Steingesicht. Aber das Gesicht ist nicht kalt. Nicht so kalt, wie es sein müsste. Ich weiche panisch zurück, denn die Vorstellung, dass er mich anspringt, ist auf einmal gar nicht mehr so abwegig.

Er ist warm. Er war neulich schon warm, und heute ist er es wieder. Ich habe es mir nicht eingebildet.

Und wenn er warm ist, muss er lebendig sein.

17

»Wo warst du denn?! Wir kommen zu spät!«

Als ich nach Hause komme, wartet Mum schon auf mich. Jess ist auch da. Sie knibbelt an ihren Fingernägeln rum und scheint den Fußboden äußerst spannend zu finden. Obwohl sie heute nicht in der Schule war, hat sie jetzt ihre Uniform an.

»Wieso trägst du auf einmal –«

Ihr bitterböser Blick lässt mich verstummen.

»Wo wollen wir denn hin?«, frage ich stattdessen.

»Zu Grandma, wohin sonst? Sie hat gestern nach euch gefragt, und da habe ich ihr versprochen, dass ich euch heute mitbringe.«

Ich kneife kurz die Augen zu und bitte Nancy Wake, die Weiße Maus, im Stillen um Beistand. Hoffentlich ist Grandma heute in besserer Verfassung als letztes Mal.

»Geht's dir nicht gut?«, fragt Mum. »Du bist ein bisschen blass um die Nase.«

Ich denke an Steinvogel. An den Gargoyle. Meine Finger sind immer noch warm. Nein, ich werde nicht verrückt.

»Alles in Ordnung«, sage ich.

Wenn hier jemand blass um die Nase ist, dann ja wohl Mum selbst. So blass, dass man die Adern durch die Haut schimmern sieht, und es würde mich nicht wundern, wenn es aus den dicken Säcken unter ihren Augen gleich zu regnen anfinge. Aber ich reiße mich zusammen und versuche, so vergnügt zu gucken wie Daisy, wenn sie sich freut. Anscheinend klappt es, denn Mum lächelt flüchtig, und ganz kurz sieht ihr Gesicht wieder normal aus.

Mir fällt ein, was Mrs Culpepper gesagt hat: »Schöne Erinnerungen haben große Macht.«

Manchmal frage ich mich, ob es überhaupt sinnvoll ist, Grandma zu besuchen, wenn sie am nächsten Tag sowieso alles wieder vergessen hat. Aber dann fällt mir jedes Mal ein, dass es ja nicht nur darum geht, Zeit mit Grandma zu verbringen, sondern auch darum, mit Mum Zeit zu verbringen, denn diese Besuche gehören zu ihren Erinnerungen, und jede Erinnerung zählt.

Daran denke ich auch jetzt. Hat Mrs Culpepper das so gemeint?

»Dann wollen wir mal«, sagt Mum.

Als wir hereinkommen, hat Grandma gerade zu Abend gegessen. Eine Pflegerin schiebt einen Wagen voller schmutziger Teller aus der Tür. Sie zwinkert uns zu und raunt: »Heute hat sie gute Laune!«

In Mums Gesicht zuckt es, und sie strahlt auf einmal

weltrekordverdächtig. Sie nimmt unsere Hände und zieht uns ins Zimmer, und da liegt Grandma im Bett und leckt sich Fleischreste, Möhrenstückchen und Soße von den Fingern.

Sie sieht uns nicht gleich. Als wir näherkommen, zuckt sie ein bisschen zusammen.

»Ach, Sue!« Sie streckt Mum die spuckefeuchten Hände entgegen.

»Warte«, sagt Mum, »ich mach dich mal eben sauber.« Sie holt ein Papiertaschentuch aus der Tasche. »Offenbar hat es dir gut geschmeckt.«

»Und ob!« Grandma strahlt übers ganze Gesicht. »Was gab's heute noch mal, Arthur?«

Ich bekomme einen Schreck. Grandpa hieß Arthur. Unwillkürlich balle ich die Fäuste und mache mich darauf gefasst, dass sie gleich wieder in Tränen ausbricht und sich ihre gute Laune in eine Ich-bring-dich-um-Laune verwandelt. Das halte ich nicht noch mal aus.

Ihr Blick wandert durchs Zimmer, sie wirkt verwirrt und ängstlich. Sofort bekomme ich ein schlechtes Gewissen, dass ich sie verdächtige, eine Mörderin zu sein. Aber als sie mich neulich so angeschrien hat, da hat sie nicht verwirrt ausgesehen.

Ich stelle mich so hin, dass sie mich anschauen kann, und sage: »Ich glaube, heute gab's Braten.«

Sie betrachtet ihre Hände, von denen Mum die Soßenreste abwischt. Vorn auf dem Nachthemd hat sie auch Soßenflecken. Dann hebt sie den Kopf und mustert mein Gesicht, versucht sich zu erinnern, wer ich bin.

Mum steckt das Taschentuch wieder ein und lehnt sich auf ihrem Stuhl zurück. »Ich habe die Kinder mitgebracht. Ich weiß doch, wie du dich immer darüber freust.«

»Ahaaa!«, sagt Grandma, und man sieht richtig, wie es *Klick!* macht. Um ihre Augen erscheinen lauter Fältchen, als sie mich anstrahlt. »Liam! Der kleine Liam! Bist du aber groß geworden! Bald wächst du deiner Mutter über den Kopf. Und wo ist Jessica?«

Als Jess näher kommt, streckt Grandma die Hand aus und will ihr die Wange streicheln. Jess kneift schon die Augen zusammen, aber Grandmas Arm ist zu kurz, und sie lässt die Hand wieder auf die Bettdecke fallen.

Jess wendet den Kopf und sieht, dass ich grinse.

»Ist was?«

Aber das überhöre ich, denn ich bin einfach nur glücklich. Das Glück durchströmt mich bis in die Fingerspitzen, wärmt mich durch und durch.

In meiner alten Schule habe ich mal für einen Aufsatz drei Goldsternchen gekriegt, und meine Geschichte blieb das ganze Halbjahr über an der Wand hängen. Aber noch nicht mal da war ich so glücklich wie jetzt gerade, denn das hier ist meine Familie, uns geht es gut miteinander, alles ist, wie es sein soll! Mum, Grandma, Jess und ich – und wir grinsen alle vier, einfach so, ohne besonderen Grund. Grandma hat gute Laune, was wiederum bedeutet, dass Mum auch gute Laune hat, und das ist seit unserem Umzug nicht mehr vorgekommen.

»Wisst ihr«, sagt Grandma, »eins können wir richtig gut: Es uns als Familie nett machen.« Sie schaut uns nacheinander an, und ihre Augen leuchten. »Es ist herrlich, euch alle hier zu haben. Dabei muss ich an früher denken, als wir noch in Harrogate gewohnt haben. Was haben wir da schön gefeiert, stimmt's, Sue? Damals –«

Sie bricht ab, und die Stille, die eintritt, ist lang und bedrückend.

»Ach, Arthur«, sagt Grandma dann, und eine Träne läuft ihr über die Wange und den Hals und tropft auf ihr Nachthemd. *Wuuusch!*, wird plötzlich alle Luft aus dem Zimmer gesaugt. »Ach, mein Arthur!« Jetzt schluchzt sie, und die Tränen laufen immer schneller über ihre Wangen.

Ich selbst weine nicht oft, denn schließlich bin ich schon elf, aber jetzt spüre auch ich, wie meine Augen brennen, und ich muss mich rasch wegdrehen. Mum hat sich vorgebeugt, nimmt Grandmas Hand, will sie streicheln und wieder in die Gegenwart zurückholen, aber Grandma ist schon zu weit weg. Das spüre ich, auch wenn ich dem Bett den Rücken zukehre und in den Garten hinausschaue, mit den Blumenbeeten und den Holzbänken, auf denen niemand sitzt.

»Was habe ich bloß verbrochen?«, jammert Grandma. »Womit habe ich das hier verdient, Arthur?«

»Psst«, macht Mum tröstend. »Pssst.«

Grandma schluchzt wieder los. Es bricht mir das Herz. Sie ist so klein, noch kleiner als Daisy, so kommt es mir jedenfalls vor, und der Dämon hat sie von innen ganz und gar aufgefressen. Nur die Tränen hat er übrig gelassen, die ihr unaufhörlich übers Gesicht laufen.

Auch Jess schaut überallhin, bloß nicht auf das Bett mit Grandma. Sie fängt meinen Blick auf, verzieht das Gesicht und dreht sich weg. Nicht mal Mum sagt noch etwas. Sie hält Grandma nur im Arm und gibt beruhigende Laute von sich, so wie sie es immer bei Daisy gemacht hat, als die noch ein Welpe war und jedes Mal gewinselt hat, wenn wir ins Bett gegangen sind.

Und Grandma ...

Im Kino habe ich mal ein verängstigtes Pferd gesehen. Es hatte die Augen so weit aufgerissen, dass man rundherum das Weiße sah, und starrte panisch geradeaus, als käme etwas Schreckliches immer näher. Mit großen weißen Augen wie Spiegeleier.

Genauso guckt Grandma jetzt.

Sie hat Angst. Schreckliche Angst.

Als mir das klar wird, weiß ich auf einmal, was ich zu tun habe.

»Wie geht es Ihnen denn, Mrs Williams?«, sage ich,

gehe wieder zum Bett und lächle sie so strahlend an, wie ich kann. Dabei denke ich verzweifelt: *Bitte mach, dass es klappt*, denn dieser Trick hat schon öfter funktioniert. *Bitte mach, dass es klappt!*

Sie blinzelt. Sie schüttelt den Kopf, als säße etwas darin, das sie loswerden will. *Willst du den Dämon abschütteln, Grandma? Ist er da drin? Kannst du ihn sehen? Oder hören?* Doch ihr Blick huscht hin und her über mein Gesicht, bis er an meinem Lächeln hängen bleibt. Dann lächelt sie auch.

»Sie sehen heute sehr hübsch aus, mein Lieber«, sagt sie.

Das Lächeln wandert in ihrem Gesicht vom Mund hoch bis in die Augen, und sie dreht sich zum Fenster um, zum Garten und den Blumen draußen.

»Was für herrliche Farben!«, sagt sie. »Gelb ist meine Lieblingsfarbe. Gelb macht glücklich!«

Der Tag ist gerettet.

Als wir gehen und die Zimmertür hinter uns zugemacht haben, umarmt mich Mum ganz fest.

»Vielen, vielen Dank«, sagt sie erstickt, weil sie in meine Jacke spricht. Meine Wange wird nass, aber nicht von meinen eigenen Tränen.

»Ist schon gut«, erwidere ich.

Unsere Schritte hallen durch den Flur, als wir zum Ausgang gehen. Die Bilder an den Wänden gleiten an mir vorbei, und ich versuche, sie mir einzuprägen, aber es gelingt mir nicht, schon gar nicht bei dem komischen Bild mit den Zickzacklinien und den verschwommenen Tieren drauf.

Vor dem Empfangstresen bleibt Mum so plötzlich stehen, dass ich beinahe in sie reinlaufe.

»Was ist los, Mum?«, fragt Jess.

»Ach, ich … ich will nur …«

»Was denn?«, fragt Jess misstrauisch.

»Ich will mir nur eben das hier anschauen.« Sie geht zu einem Foto an der Wand, auf dem alle Pflegerinnen und Pfleger drauf sind, die hier arbeiten. Es sieht ein bisschen wie die Mannschaftsfotos aus meinem Fußballsticker-Album aus, nur dass es nicht so glänzt.

Plötzlich ertönen hinter uns Schritte.

Wir drehen uns alle drei um, aber nur ich schnappe nach Luft.

Zwei Leute kommen auf uns zu. Der Mann, der bei uns zu Hause war und die Weinflasche zerbrochen hat, und ein Junge, der den Kopf gesenkt hält und auf den Boden schaut. Ich erkenne ihn trotzdem. Ich würde ihn immer und überall erkennen.

Es ist Matt.

Er hat mich noch nicht gesehen.

Rasch und geräuschlos schiebe ich mich hinter Mum, aber sie geht schon auf die beiden zu, um sie zu begrüßen. *Nicht!* Ich betrachte scheinbar interessiert das Foto mit den Angestellten. *Bitte mach, dass er mich nicht sieht, bitte mach, dass er mich nicht sieht.*

»Sue!«, sagt der Mann, dessen Namen ich vergessen habe, erfreut.

Ich schiele verstohlen zu ihnen rüber. Matt hebt jetzt den Kopf, sieht Mum an und lächelt Jess zu.

Was machst du hier?

Dann geht mir ein Licht auf. *Bin ich blöd!*

Es kann nur einen einzigen Grund geben, warum er hier ist – denselben Grund, aus dem auch ich hier bin. Als er mich entdeckt, verschwindet sein Lächeln, und wenn Blicke töten könnten, wäre ich jetzt mausetot. Ich sehe mich hilfesuchend um, aber Jess steht da und zwirbelt ihr Haar, und Mum scheint überhaupt nichts zu merken.

»Ach!«, sagt sie strahlend. *Warum?* »Ihr beide kennt euch?«

Schluck. »Ja, schon«, sage ich, »aber –«

»Das ist ja wunderbar! Bring Matt doch mal nach der Schule zum Spielen vorbei, Gary!«

»Gute Idee!« Gary tätschelt Matts Schulter. *Warum sieht keiner außer mir, dass er vor Wut gleich platzt?* »Er kommt nicht richtig damit klar. Da tut ihm ein bisschen Ablenkung bestimmt gut.«

»Ich bin übrigens auch noch da!«, sagt Matt ärgerlich.

»Entschuldige.« Gary lächelt Mum verschwörerisch zu. So wie Jess und ich uns manchmal zulächeln, wenn

Mum wieder mal sagt: »Das habe ich *im* Facebook gefunden« statt: »Das habe ich *auf* Facebook gefunden«.

Mum lacht. Es ist ein echtes Lachen, und einen Augenblick lang vergesse ich alles andere, weil sie nur noch ganz selten so lacht, doch dann fällt mein Blick wieder auf Matts Gesicht, das von Sekunde zu Sekunde finsterer wird.

»Toll! Das ist doch toll, stimmt's, Liam?«

»Äh, klar. Cool«, sage ich.

Es kommt ganz natürlich raus, dabei wollte ich eigentlich sagen: »Nein, nein, nein!« Aber das geht natürlich nicht, denn ... sieh sie dir doch an. Sie lacht schon wieder. Mums Lachen ist das schönste Lachen der Welt. Sie sieht dann ganz jung und glücklich und sorglos aus. Wenn sie nicht lacht, ist es immer, als ob etwas Unsichtbares auf ihrer Schulter sitzt und sie zu Boden drückt.

Ich sehe Matt an der Nasenspitze an, dass er den Vorschlag noch bescheuerter findet als ich.

Wie von fern höre ich Satzfetzen wie: »zum Tee« und »nach der Schule« und »das macht den Jungs bestimmt Spaß«, aber ich kann immer nur denken: *Wie konnte das passieren?*

Tja, das gehört wohl zu den großen Geheimnissen des Lebens.

18

»Glaub bloß nicht, dass jetzt irgendwas anders ist«, sagt Matt am nächsten Tag in der Schule zu mir.

Weil ich schon geahnt habe, dass er mir auflauern würde, bin ich extra durch das hintere Tor reingegangen, aber da steht er an die Mauer gelehnt.

»Wir sind keine Freunde«, redet er weiter, »und wir werden auch nie welche. Wenn du irgendwem verrätst, was gestern los war, bring ich dich um, kapiert?«

Bevor ich etwas erwidern kann, kommen Joe und Cheesy durchs Tor. Sie lachen und schubsen sich und albern rum. Als Matt sie sieht, spuckt er mir mit Schwung vor die Füße und grinst hämisch, als ich unwillkürlich vor dem Schleimbatzen auf der Erde zurückweiche. Dann geht er zu seinen Freunden.

Ich bin selbst überrascht, als mir ein gewaltiger Seufzer der Erleichterung entfährt. Er geht einfach weg. Keine Prügel, keine Erdklumpen – nur Drohungen. Mit Drohungen kann ich leben, Drohungen sind in Ordnung.

Wenn du irgendwem verrätst, was gestern los war, bring ich dich um, kapiert?

Was gestern los war … Damit könnte er meinen, dass sich unsere Eltern anscheinend ziemlich mögen. Oder dass sie uns miteinander verabreden wollen. Oder dass sein Großvater oder seine Großmutter genauso von einem Dämon besessen ist wie Grandma.

Am besten sage ich einfach gar nichts.

Schon komisch, was Kummer mit den Menschen macht. Mum ist die ganze Zeit traurig, Matt ist die ganze Zeit wütend, und ich – ich bin weder das eine noch das andere.

Ich weiß selbst nicht, was ich bin.

Wir sitzen wieder im Kreis.

Das Ei macht die Runde. Mrs Culpepper nickt, als Ruth von ihrem Schwimmwettkampf erzählt, und sie schmunzelt, als John erzählt, wie er zusammen mit seinem Vater einen Roboter baut.

Leider kann ich mich nicht auf diese Geschichten konzentrieren, denn als Nächstes ist Matt an der Reihe. Sein Gesicht. Seine Augen. Warum starrt er mich die ganze Zeit an? Seine Lippen zucken, er fletscht die gelben Zähne –

Das Ei ist bei ihm angekommen. Er nimmt es in die Hand, lässt mich aber immer noch nicht aus den Augen.

»Gestern Abend hat mir mein Grandpa Schachspielen beigebracht«, fängt er an, wendet sich endlich von mir ab und lässt den Blick durch die Runde wandern. Alle sind still und hören zu. »Aber kein normales Schach, er spielt per Brief mit Leuten in Russland.«

Als er erklärt, wie das funktioniert, muss sogar ich zugeben, dass die Geschichte cool ist.

Aber sie ist gelogen. Sie muss gelogen sein! Denn er war gestern Abend genau wie ich im Pflegeheim. Die anderen schauen ihn an, aber sie nehmen ihn gar nicht richtig wahr, sondern lassen seine Worte über sich hinwegfluten, malen sich die Szene aus und freuen sich, als ob sie gerade selbst Schach spielen.

Beim Reden wippt er die ganze Zeit mit dem Knie, und sein Blick huscht hin und her. Er lügt, da bin ich ganz sicher.

Und was ist mit meiner Geschichte? Als ich den anderen letzte Woche von Steinvogel erzählt habe, habe ich da nicht auch gelogen? Gut, ich habe Steinvogel wiedergefunden, und zwischendurch war er verschwunden, aber woher will ich wissen, wo er gewesen ist und was er dort gemacht hat? Ich habe mir eine Geschichte dazu ausgedacht, ich habe gelogen, und es hat Spaß gemacht.

Vielleicht sind ja alle Geschichten mehr oder weniger gelogen.

Ich habe aber nur gelogen, weil mir nichts eingefallen ist, was ich sonst erzählen könnte.

Außerdem sollte meine Lüge eine Erklärung sein – eine Erklärung für Steinvogels Verschwinden.

Matts Geschichte erklärt überhaupt nichts.

Als ich diesmal an die Reihe komme, bin ich bereit. Kaum liegt das warme Ei in meiner Hand, sehe ich Steinvogel vor mir. Trotzdem erzähle ich nicht gleich drauflos, sondern betrachte das Ei noch kurz und fahre mit dem Finger die bläulichen Adern im Marmor nach. Nicht, weil ich die anderen auf die Folter spannen will oder so, nur, um meine Gedanken zu ordnen.

Als ich den Kopf hebe, starren die drei mich an, Matt, Cheesy und Joe. Matt hat den beiden bestimmt nicht von unserer Begegnung im Pflegeheim erzählt, trotzdem sind ihre Mienen drohend.

Wenn du irgendwem verrätst, was gestern los war, bring ich dich um, kapiert?, höre ich ihn wieder sagen.

Zum ersten Mal kommt mir der Gedanke, dass ich ihn damit in der Hand habe, dass ich mich rächen könnte. Wenn er sich solche Mühe gibt, mich einzuschüchtern, dann will er auf gar keinen Fall, dass jemand von seinem Vater und meiner Mutter erfährt!

Es wäre so einfach.

Ich fange an. *Gestern Abend habe ich einen Freund gefunden.* Ich beobachte Matt. Sein Kopf fährt herum, und seine Hände zucken, als wollten sie mir den Hals umdrehen.

Aber ich bringe es nicht über mich. Ich würde ja gern – aber als er mich so ansieht, verlässt mich der Mut, und ich komme wieder zur Vernunft. Wie lange würde das Triumphgefühl anhalten? Zwanzig Minuten vielleicht? Dann würde es zur Pause läuten, und alle würden rausrennen. Alle außer Matt und seinen beiden Freunden.

Er sieht mich an und fährt sich blitzschnell mit dem Zeigefinger über die Kehle.

Und schon liegt die Hand wieder in seinem Schoß.

Ich lasse das Ei von einer Handfläche in die andere rollen. Mein Mund ist ganz trocken.

»Na los, erzähl weiter!«, sagt Matt herausfordernd. »Wer ist denn dein neuer Freund?«

Mrs Culpepper dreht sich zu ihm um. »Matthew!«, sagt sie streng. »Nur derjenige, der das Ei hat, darf reden.«

»'tschuldigung.«

Sie funkelt ihn noch einmal warnend an, dann wendet sie sich wieder mir zu.

Der Gargoyle, sage ich, ohne nachzudenken.

Er kauerte im Mondschein auf dem Dach der Kirche. Wenn nicht sein riesiger Schatten bis hinunter auf die Straße gefallen wäre, hätte ich ihn gar nicht entdeckt.

Flügel, Hörner, Stacheln und Klauen.

Der Wind heulte. Der Gargoyle breitete die mächtigen Schwingen aus. Ich wollte weglaufen, war aber wie gelähmt. Verzweifelt sah ich mich nach einer Waffe um, nach einem Versteck, doch vergebens.

Dann war er plötzlich direkt vor mir. Mitten auf der Straße.

Er sagte nichts. Ich glaube nicht, dass er sprechen kann.

Doch er sah mich an. Seine Augen in dem gewaltigen Kopf waren groß wie Fäuste und funkelten hell wie Sterne.

Ich konnte mich immer noch nicht rühren. Es war, als hätte ich Wurzeln geschlagen und wäre am Boden festgewachsen. Auch der Gargoyle rührte sich nicht, schaute mich nur weiter an.

Es lief mir kalt den Rücken herunter.

Dann legte er den Kopf schief, und mir wurde flau im Magen.

»Was willst du von mir?«, fragte ich, aber meine Stimme klang ganz piepsig. Ich dachte, er würde mich töten – nein, ich rechnete fest damit. Warum hätte er sonst seinen Platz auf der Kirche verlassen und zu mir hinunterfliegen sollen?

»Und was passierte dann?«, fragt jemand aus der Runde. Ich kann die Stimme nicht zuordnen, denn ich kann den Blick nicht von dem Ei abwenden. Ich *sehe* die Geschichte darin, als würde ich das alles hier und jetzt erleben.

»Psst!«, mahnt Mrs Culpepper.

Er hat mich nicht getötet.

Er wandte sich ab, machte einen Satz und erhob sich mit donnernden Flügelschlägen in die Lüfte.

Ich rannte hinter ihm her, um die Ecke, die Straße hinunter.

Ich rannte und rannte, bis –

»Lass mich raten«, sagt jemand anders, und diesmal erkenne ich Matts Stimme. »Bis der Gargoyle nicht mehr zu sehen war. Supertolle Geschichte. Und das sollen wir dir glauben, oder was?«

»Pssst!«, macht Mrs Culpepper energisch. »Letzte Verwarnung.«

Ich muss mir rasch etwas einfallen lassen. Einen Beweis dafür, dass ich mit Steinvogel recht habe. Dass es nicht nur darum geht, dass er verschwunden war und dass er mich beschützt.

Aber mein Kopf ist auf einmal ganz leer, weil mich Matt durcheinandergebracht hat.

Die ganze Klasse wartet, sieht mich erwartungsvoll mit großen Augen an.

Und dann ... äh ...

Dann ist er ...

Dann ist er in unserem Garten gelandet. Und er ... er hat ihn aufgeräumt und in Ordnung gebracht.

Damit endet meine Geschichte. Damit, dass ein Gargoyle in unserem Garten Ordnung macht.

Und damit, dass mich die ganze Klasse auslacht.

Ich halte das Ei noch einen Augenblick umklammert, will Matts schadenfrohes Grinsen nicht sehen und auch nicht Mrs Culpeppers Gesichtsausdruck, dann gebe ich es mit brennenden Wangen weiter.

19

Als es um Viertel nach drei zum Schulschluss läutet, springen alle auf, aber Mrs Culpepper ruft mich an ihren Tisch, wo sie in unseren Decknamen-Zeichnungen blättert. Ich warte darauf, dass sie etwas sagt, aber sie lässt sich Zeit, bis alle anderen draußen sind.

»Du hast ihn entdeckt, stimmt's?«, sagt sie dann, ohne aufzublicken.

»Wie bitte?«

»Steinvogel.«

Ich traue meinen Ohren nicht. Ich drehe mich rasch um, weil ich sichergehen will, dass niemand mithört, aber außer uns beiden ist niemand mehr da. Alle anderen rennen schon über den Spielplatz, wollen endlich nach Hause.

»Ein eindrucksvolles Bild.« Sie hält meine Zeichnung hoch. »Du hast das Talent deiner Großmutter geerbt.«

Woher weiß sie ...

Mir fällt der Blumenstrauß in Grandmas Zimmer ein. Mrs Culpepper wusste schon am ersten Tag über Grandma Bescheid, dabei hatte ich da noch gar nichts von ihr erzählt. Ich dachte, Mum hätte mit den Lehrern gesprochen, aber vielleicht stimmt das ja gar nicht.

»Sie waren das!«, sage ich. »Sie haben ihr die Blumen gebracht.«

»Stimmt.« Mrs Culpepper sieht zum ersten Mal, seit ich sie kenne, ein bisschen traurig aus. Sie zieht die Schreibtischschublade auf und holt das Ei heraus. »Erkennst du es wieder? Hast du es schon mal irgendwo außerhalb dieses Klassenzimmers gesehen?«

»Nein«, sage ich verwundert.

Mrs Culpepper holt tief Luft. »Darf *ich* dir mal eine Geschichte erzählen, Liam? Sie spielt hier in Swanbury. Ich war ein kleines Mädchen, so alt wie du, und stell dir vor, ich hatte eine Lehrerin namens Mrs Williams –«

»Meine Großmutter?«

»Richtig. Sie war eine phantastische Lehrerin. Jede Woche vor dem Englischunterricht mussten wir uns im Kreis hinsetzen, und sie hat uns aufgefordert, uns gegenseitig Geschichten zu erzählen. Dieses Ei hat früher ihr gehört. Ihr Vater hätte es in Paris aus einem Schuttbrocken für sie gemacht, sagte sie. Auf jeden Fall ging sie immer sehr vorsichtig damit um. Sie nannte es ihr verzaubertes Ei, und wir liebten es heiß und innig, auch wenn wahrscheinlich keiner von uns wirklich glaubte, dass es verzaubert war. Ich jedenfalls nicht von Anfang an. Aber dann, eines Abends, wurde alles anders.

Weißt du, Liam, ich komme nicht aus einer heilen Familie, wie man so sagt. Mein Vater – nach dem Krieg war er nicht mehr derselbe. Ohne Gefahr, Geschützlärm und Befehle fand er sich im Leben nicht mehr zurecht. Er war zerbrochen, und daran zerbrach auch unsere Familie.«

Ich versuche, ihr mit meinem Blick zu sagen: *Das kenne ich!*, denn Mum weint dauernd, und Jess schwänzt die Schule, und ich habe Angst, dass wir auch alle zerbrechen.

»Wenn es ganz schlimm wurde, lief ich weg. Aber ich konnte nirgendwohin. Und weißt du, was ich da gemacht habe? Ich bin zu deiner Großmutter gegangen. Sie hat mich jedes Mal hereingelassen, wenn ich bei ihr geklingelt habe. Wir haben uns mit dem Ei hingesetzt, und sie hat mir Geschichten über einen Gargoyle namens Steinvogel erzählt, der sie seit ihrer Kindheit beschützt hat. Sie hat mir versprochen, dass er auch mich beschützen würde.«

»Und stimmte das?«, frage ich.

»Ja, er hat mich beschützt. Jedes Mal.« Sie hält das Ei ins Licht und dreht es hin und her. »Als ich mit der Schule fertig war, hat sie mir das Ei geschenkt. Sie meinte, ich bräuchte es dringender als sie. Ich habe es stets in Ehren gehalten.«

Das klingt alles nicht nach einer Mörderin.

Ich mustere forschend Mrs Culpeppers Gesicht. Lügt

sie mich vielleicht an? Aber ihr Blick ist fest und weicht meinem Blick nicht aus.

»Als ich hörte, dass sie krank ist, dass sie an Demenz leidet, dachte ich, ich könnte ihr irgendwie helfen, aber im Grunde ist es nicht nur sie allein, die damit fertigwerden muss. Du und deine Familie, ihr müsst genauso damit fertigwerden, und alle, die sie jemals liebhatten.«

Weil ich nicht weiß, was ich dazu sagen soll, denke ich wieder an Steinvogel.

Wenn das stimmt, was Mrs Culpepper erzählt hat, dann …

Dann habe ich recht!

Plötzlich explodieren tausende Fragen in meinem Kopf.

Wie kann es sein, dass Steinvogel tatsächlich lebendig ist – und alles andere auch wahr ist?

»So.« Mrs Culpepper steht auf. »Jetzt habe ich dich aber lange genug aufgehalten. Lauf! Man soll nicht in der Schule sitzen, wenn draußen schönes Wetter ist.«

Ich will eben zur Tür hinausgehen, als sie mir nachruft: »Liam? Vergiss nicht, was ich gesagt habe. Gargoyles sind großartige Geschöpfe, aber nimm dich trotzdem in Acht. Sie können auch gefährlich werden.«

20

Als ich aus der Schule komme, wartet Mum auf mich. Ich grüble immer noch über Mrs Culpepper und Steinvogel nach und bin so in Gedanken, dass ich beinahe an ihr vorbeilaufe. Sie hat vor dem Postamt geparkt.

»Was ist denn los?«, frage ich.

»Grandma geht es nicht gut, und ich will noch mal zu ihr fahren. Jess ist mit ihren Freundinnen unterwegs, und da dachte ich –« Sie stockt und macht ihr typisches Sorgengesicht mit den hochgezogenen Augenbrauen und den zusammengekniffenen Lippen.

»Da dachtest du *was?*«, frage ich, aber im selben Augenblick, als sie den Mund aufmacht, weiß ich, was jetzt kommt.

Gestern im Pflegeheim hat sie nicht einfach nur so dahingeredet, sie hat es ernst gemeint.

»Ich dachte, ich setze dich kurz bei deinem Freund ab. Bei Matt.«

Als sie mein Gesicht sieht, schiebt sie hinterher: »Nur ganz kurz!«

Die Kinnlade fällt mir so weit runter, dass sie fast auf

der Erde hängt. Eine Ameise hätte keine Mühe reinzukrabbeln. Im Grunde habe ich geahnt, dass es so kommen würde, aber nur, weil es so daneben ist, dass es einfach passieren *muss*. Ich merke erst, dass ich den Kopf schüttle, als Mum fragt: »Warum schüttelst du den Kopf? Stimmt was nicht?«

»Matt ist nicht mein Freund.«

»Ach, Liam.« Sie steigt ein und zieht die Fahrertür hinter sich zu. Ich gehe um das Auto herum auf die Beifahrerseite, steige aber nicht ein. Das Fenster fährt surrend herunter, und Mum fragt: »Kommst du?«

Mit einem übertriebenen Seufzer lasse ich mich auf den Sitz fallen. Warum ich so ein Theater veranstalte, weiß ich selbst nicht, es ist nur … Ich wette, Jess ist gar nicht mit ihren neuen Freundinnen unterwegs, sondern trifft sich mit Ben, und überhaupt – warum muss ich unbedingt zu Matt?

»Darum!«, sagt Mum. Ich habe gar nicht gemerkt, dass ich es laut ausgesprochen habe. »Es war sehr nett von Gary, das anzubieten.«

Was findet sie bloß an diesem Gary?

Ich wünschte, ich hätte den Mut, sie zu fragen, ob sie mit ihm ausgeht, aber ich fürchte mich vor der Antwort. Dabei gibt es vermutlich Schlimmeres, als wenn sie und Gary ein Paar wären. Er scheint eigentlich ganz nett zu sein.

Aber wenn die beiden irgendwann heiraten, würde Matt mein Halbbruder.

Selbst das – es gibt vermutlich Schlimmeres.

»Kann ich denn nicht mitkommen?«, frage ich verzweifelt. »Wir können Grandma doch zusammen besuchen!«

Mum lächelt, sagt aber nichts, jedenfalls nicht sofort. Ich warte und warte, aber man hört nur, wie der Motor anspringt.

»Diesmal lieber nicht. Ich glaube, es geht ihr ziemlich schlecht, und da möchte ich nicht, dass du ... Zu viel Besuch würde sie bloß aufregen. Es dauert wirklich nicht lange. Ich bin im Handumdrehen wieder da und hole dich ab.«

Wir kaufen erst noch ein paar Blumen für Grandma, dann setzt mich Mum bei Matt ab. Er wohnt in einem Haus am Dorfrand, das auf einer Anhöhe hinter dem Sportplatz steht. Wir fahren eine von Bäumen gesäumte Auffahrt hoch, der Kies knirscht unter den Autoreifen. In der offenen Garage am Haus stehen ein altmodisches Motorrad und daneben ein alter Mini. Mum wendet, dann gibt sie mir einen Kuss und lässt mich raus.

»Es dauert nicht lange«, wiederholt sie. »Sei nett zu Matt. Er ist so ein reizender Junge.«

Reizend. Ja klar.

Kaum habe ich die Beifahrertür zugeschlagen, da braust sie auch schon davon.

Komisch, dass es Grandma ganz plötzlich so schlecht geht. Ich stelle mir vor, wie sie im Bett liegt. Noch schlechter als letztes Mal kann sie doch gar nicht aussehen!

Als ich Steinvogel in der Kirche entdeckt habe, hat er mir leidgetan, weil er einfach in einem Nebenraum abgestellt wurde, aber wenigstens kann er nicht vertrocknen oder verschimmeln. Außerdem vergisst er nichts. Was hat das Leben noch für einen Sinn, wenn man sowieso alles vergisst?

Knirsch, knirsch, knirsch. Ich gehe die letzten Meter bis zur Haustür. Ein Basketballkorb ist an die Hauswand geschraubt, aber das Netz fehlt. Weil die Scheibe in der Tür aus Milchglas ist, kann man nicht richtig hindurchschauen. Als ich klingle, nähert sich eine verschwommene Gestalt.

Matts Vater öffnet mir. »Hallo, Liam. Matt ist oben und spielt mit seiner Gamebox, oder wie das Ding heißt.«

Er macht die Tür weit auf, damit ich hereinkommen kann.

Von den Wänden blicken fröhliche Gesichter. Fotos von Matt, seinem Vater und einer Frau, die nur …

Die nur Matts Mutter sein kann.

Sie hat lange blonde Haare und ein herzliches Lächeln.

Aber wenn sie Matts Mutter ist, warum ist Gary dann so nett zu *meiner* Mutter? Und wo ist Matts Mutter überhaupt? Matt hat sie noch nie erwähnt, und sie holt ihn auch nie von der Schule ab. Vielleicht sind seine Eltern ja geschieden. Oder seine Mutter ist …

Ich finde den Gedanken ganz schrecklich, aber vielleicht ist sie ja tot.

Es überläuft mich eiskalt.

Ich reiße mich zusammen. »Danke«, sage ich und schaue schuldbewusst woandershin.

»Geh einfach rauf. Wir essen später, weil ich noch etwas arbeiten muss. Bei uns ist es immer ein bisschen stressig, seit –«

Er unterbricht sich, und seine Augen verschleiern sich, so wie Mums Augen immer, nachdem uns Dad verlassen hatte. Ich warte, ob er noch weiterspricht, aber als nichts mehr kommt, nehme ich allen Mut zusammen und gehe die Treppe hoch.

Schon von draußen höre ich die Schüsse und Explosionen. Ich klopfe dreimal, aber Matt reagiert nicht, allerdings verstummen die Geräusche, er hat mich also gehört. Mir ist mulmig zumute. Soll ich wirklich in sein Zimmer gehen? Mein Herz pocht so laut wie eben noch die Schüsse. Ich warte ewig, und als er mich nicht auffordert hereinzukommen, mache ich die Tür einen Spalt auf und strecke den Kopf hindurch.

Matts Zimmer ist pechschwarz gestrichen, überall hängen Poster von Rappern und Autos. Er sitzt mit dem Controller auf dem Bett, aber kaum trete ich über die Schwelle, springt er auf.

Er baut sich vor mir auf und hindert mich am Weitergehen.

»Siehst du das da?« Er zeigt auf seinen Schreibtisch und malt mit der Hand eine Linie in die Luft, die von einer Wand zur anderen reicht. »Das ist die Grenze. Wehe, du bleibst nicht dahinter. Kapiert?«

»Ja.«

»Gut.«

Er setzt sich wieder aufs Bett und spielt weiter *Call of Duty*. Weil es in meinem Teil des Zimmers keine Sitzgelegenheit gibt, setze ich mich auf den Fußboden. Mum würde mir nie erlauben, mein Zimmer schwarz zu streichen. Und einen Ego-Shooter schon gar nicht.

»Ist das der neueste Teil?«, frage ich.

»Logisch.«

Sein Character duckt sich hinter einen explodierten Panzer, schießt oben drüber und geht wieder in Deckung. Flugzeuge donnern über seinen Kopf.

»Du hast es echt gut, dass dir dein Vater so ein Spiel erlaubt.«

Er kneift die Lippen zusammen, und seine Daumen zucken hektisch über den Controller. Der Soldat auf dem

Bildschirm wechselt von dem leergeschossenen Maschinengewehr zu einem Granatwerfer und feuert ins Fenster eines brennenden Gebäudes. Dann hechtet er hinter dem Panzer hervor und stürmt los, über Gräben, Stacheldraht und –

Peng-peng-peng!

Drei Schüsse, der Bildschirm wird rot, und Matt lässt den Controller fallen.

»Das ist deine Schuld!«, knurrt er, lässt sich rückwärts aufs Bett plumpsen und verschränkt die Hände hinter dem Kopf.

Irgendwo tickt eine Standuhr. Sie tickt und tickt, dann schlägt sie mit lautem *Dong Dong Dong Dong* vier Uhr.

Ich muss an die Geschichte denken, die Matt heute in der Runde erzählt hat.

Plötzlich kann ich der Versuchung kaum noch widerstehen, ihn zu fragen.

Hier, wo sein Vater ein Stockwerk unter uns arbeitet, wird er mich ja wohl nicht verprügeln, oder?

»Warum hast du gelogen?«

»Hä?«

»Warum du gelogen hast. Heute im Erzählkreis, meine ich. Deine Geschichte, die war doch gelogen, oder?«

Er richtet sich nicht auf, bleibt einfach liegen. »Gar nicht.«

Tick-tack, tick-tack, tick-tack.

»Du hast erzählt, dass dir dein Großvater Schachspielen beigebracht hat.«

»Hat er ja auch.«

»Ist er denn nicht im Pflegeheim?«

Jetzt reagiert er endlich, setzt sich mit einem Ruck auf und funkelt mich wütend an.

»Lass mich bloß mit dem verdammten Pflegeheim in Ruhe!« Die ersten Worte schreit er fast, dann wird seine Stimme so leise, dass ich ihn kaum noch verstehe.

»Wieso denn? Meine Großmutter ist auch dort. Ich weiß, wie das ist.«

»Gar nichts weißt du!«, schreit er. Dann merkt er offenbar selbst, wie laut er ist, denn er setzt etwas gedämpfter hinzu: »Gar nichts weißt du. Niemand weiß, wie das ist.«

Es klopft. Sein Vater streckt den Kopf ins Zimmer und fragt, ob alles in Ordnung ist. Mit pochendem Herzen drehe ich mich zu Matt um, aber der nickt nur und greift wieder nach seinem Controller.

»Wir spielen«, sagt er. »Abwechselnd.«

»Dann ist es ja gut. In einer Stunde gibt's Essen.« Gary macht die Tür wieder zu.

Als Mum mich endlich abholen kommt, hält das Schweigen zwischen Matt und mir schon so lange an, dass es mich nicht mehr stört. Jess hätte sich zu Tode gelangweilt. Sie langweilt sich ja schon nach fünf Sekunden.

Mir macht es nichts aus, einfach nur dazusitzen und nachzudenken.

Ich komme immer noch nicht darüber weg, dass Mrs Culpepper Grandma kennt. Es hat sich sogar angehört, als ob sie Grandma sehr gern hat. Grandma hat ihr geholfen, als sie Probleme hatte.

Helfen Mörder anderen Menschen?

Aber warum behauptet Grandma, dass sie jemanden umgebracht hat, wenn das gar nicht stimmt?

Ich bin nicht mehr dazu gekommen, in ihrem Tagebuch weiterzulesen. Wenn Nancy Wake, die Weiße Maus, so faul gewesen wäre wie ich, hätten die Deutschen sie bestimmt leicht gefangen nehmen können. Das Tagebuch ist die einzige Möglichkeit, wie ich herausbekommen kann, ob an Grandmas Behauptung etwas dran ist.

»Na, wie war's?«, will Mum wissen, als wir losfahren und das Haus hinter den Bäumen verschwindet.

Schrecklich! Die Antwort liegt mir auf der Zunge, aber sie hat wieder geweint. Ihr Gesicht ist gerötet, und sie hat nur deshalb keine schwarzen Rinnsale unter den Augen, weil sie die verschmierte Wimperntusche abgewischt hat.

»Ganz okay«, sage ich darum.

»Wie schön.« Sie verzieht den Mund zu einem schiefen Lächeln. »Vielleicht könnt ihr euch ja bald mal wieder verabreden.«

»Cool.« Es kommt ganz automatisch, aber mein Lächeln ist fast so künstlich wie ihres.

21

Am Abend nehme ich mir das Tagebuch wieder vor.

Ich blättere darin herum, entdecke aber nichts, was mir irgendwie weiterhilft. Die Einträge sind ganz normal. Sie schreibt über ihren ersten Freund, darüber, welche Blumen sie beim Schulball im Haar tragen soll, übers Klavierspielen, einen Ausflug zum Autorennen und Strandspaziergänge. Aber ich finde keinerlei Hinweise darauf, dass sie eine Mörderin ist.

Doch dann lässt mich ein Eintrag innehalten.

2. Januar 1941

Der Schrei hallte über den ganzen Friedhof.

Sonst hätte ich überhaupt nicht mitbekommen, dass sie mal wieder dort zugange sind. Ich habe mich hinter die Bäume geduckt und bin näher herangeschlichen.

Claire und ihre Freundinnen standen vor der Tür.

Ich weiß nicht, welches arme Mädchen diesmal das Opfer war, auf jeden Fall hatten sie kurzen Prozess mit ihr gemacht.

Sie schrie gellend und hämmerte wie verrückt an die Tür.

Ich verstehe nicht, was an der Kirche so gruselig sein soll,

denn dort spukt es doch nicht, aber vielleicht
ist es etwas anderes, wenn man dort eingesperrt ist.
Vielleicht ist es etwas anderes,
wenn die Tür abgeschlossen wird.

Claire. Der Name kommt mir bekannt vor. Claire war das Mädchen, das Grandmas Matheheft geklaut hatte. Hat der mögliche Mord vielleicht etwas mit ihr zu tun?

Der nächste Eintrag steht auf der gegenüberliegenden Seite.

3. Januar 1941
Es war Sarah Potts, das hat sich heute in der
Schule rumgesprochen.
Sie tut mir furchtbar leid, denn alle haben die ganze Zeit
darüber gelästert, wie laut sie geschrien hat. Ich dachte, bei
dieser blöden Mutprobe kommt es darauf an, es möglichst
lange in der Kirche auszuhalten, ohne Angst zu bekommen,
aber offenbar geht es eigentlich darum, dass man hinterher
ausgelacht wird.
Als ich gestern ins Bett ging, habe ich es
in Gedanken immer noch gehört.
Ich meine nicht Sarahs Schreien, so laut es auch war,
sondern Claires hämisches Gelächter. Es wurde von der
Mauer zurückgeworfen und hallte über den ganzen Friedhof.

Jemanden in eine dunkle Kirche einsperren, um ihm Angst zu machen? Ich dachte, gemeiner als Matt kann man gar nicht sein! Und der hat mir zwar Erde in den Mund gestopft und mir gedroht, aber das war's dann auch schon.

Ich finde, das hört sich nicht nach einer Mutprobe an, sondern nach einer richtigen Folter!

Trotzdem, diese Claire war noch ein Schulmädchen. Bringt eine Schülerin ihre Klassenkameradin um? Eher unwahrscheinlich. Aber würde ein echter Spion einen solchen Hinweis einfach übergehen? Schließlich habe ich sonst keinerlei Anhaltspunkte.

Ich schiebe das Tagebuch wieder unters Bett und greife nach meinem Smartphone.

Ich googele *Claire Swanbury*. Es kommt irgendwas über einen Backwettbewerb, irgendwas Militärisches und irgendwas über einen Spendenlauf, aber nichts über einen Mord.

Jess sagt immer, dass der Dämon aus Grandma spricht. Wahrscheinlich hat sie recht, trotzdem geht mir die Sache nicht aus dem Kopf.

Wenn Grandma nun doch eine Mörderin ist?

Aber weder das Tagebuch noch das Internet liefern mir irgendwelche Beweise dafür, und ich wüsste nicht, wo ich sonst noch nachforschen könnte.

Vielleicht geht ja nur meine Phantasie mit mir durch.

Vielleicht finde ich deshalb nichts, weil es nichts zu finden gibt. Traue ich Grandma wirklich zu, dass sie jemanden umbringt?

Auf einmal komme ich mir wie der letzte Trottel vor.

22

Am nächsten Morgen ziehe ich die Vorhänge auf und lasse die Sonne herein. Sie scheint so hell, dass ich erst mal geblendet bin, aber dann …

Der Garten!

Ich bin schon so an die umgekippten Blumentöpfe und den mit welkem Laub übersäten Rasen gewöhnt, dass ich meinen Augen nicht traue. Der Rasen ist gemäht, die Töpfe sind wieder aufgestellt, und das Laub ist zusammengeharkt. Der Garten sieht auf einmal so – ordentlich aus. So *normal*. So, wie ein Garten aussehen soll.

Das kann nicht sein.

»Liam, Jess!«, ruft Mum von unten. »Frühstück ist fertig!«

Sie hat uns seit Tagen kein Frühstück mehr gemacht. Ich betrachte noch ein paar Sekunden ungläubig den sonnenbeschienenen Garten, in dem die Vögel zwitschernd am Vogelhaus sitzen, und denke, wie schön er aussieht, dann renne ich die Treppe runter.

Gebratener Speck. Der herrlichste Geruch der Welt. Die ganze Küche duftet danach, und es brutzelt laut.

Mum steht am Herd und schwenkt die Pfanne, damit der Speck nicht am Boden ansetzt. Die Rollos sind noch unten. Sie hat den Garten noch nicht gesehen.

Dann kommt Jess in die Küche, den Blick auf ihr Handy geheftet.

»Guten Morgen, mein Schatz«, sagt Mum.

Jess nuschelt irgendwas Unverständliches. Ihre Haare sind zerzaust, sie ist noch im Nachthemd. Sie schlurft in ihren Eulenpantoffeln zum Tisch wie ein schlafwandelnder Zombie.

In der Pfanne zischt es.

»Du, Mum«, ich muss mich beherrschen, um nicht zu grinsen, »kannst du bitte das Fenster aufmachen? Hier ist es so verqualmt.«

Sie nimmt die Pfanne von der heißen Herdplatte, geht zum Fenster und zieht das Rollo hoch. Die Sonne flutet herein. Sie hält sich geblendet die Hand vor die Augen und tastet nach dem Fenstergriff.

Wenn sie sich die Augen zuhält, kann sie es nicht sehen.

Schau hin, Mum, schau hin.

Sie dreht sich um.

Hält inne.

»Was ist das denn?!«

Sie weicht einen Schritt zurück, dann noch einen, und starrt mit aufgerissenen Augen aus dem Fenster.

»Der Garten!«

Ich muss beide Hände vor den Mund halten, damit sie mein breites Grinsen nicht sieht. Jess hebt den Kopf und schaut zu mir rüber, und ihre Augen stellen die Frage, die sie nicht ausspricht.

»Wer hat denn unseren Garten aufgeräumt?« Mum hält sich an der Spüle fest und dreht sich zu uns um. Sie hat Tränen in den Augen, aber sie strahlt. Mit der Sonne hinter sich sieht sie auf einmal wieder so jung aus wie auf ihrem Hochzeitsfoto, das sie im Keller verstaut hat.

Jess schaut mich immer noch an. »Also ich war's nicht«, sagt sie.

»Liam!«

Mum eilt mit schlappenden Hausschuhen zu mir herüber, schiebt sich um die Küchenbank herum und umarmt mich so fest, dass mir die Augen aus dem Kopf quellen und sie mir fast die Rippen bricht.

»Wann hast du das denn gemacht?«, will sie wissen und hält mich mit ausgestrecktem Arm von sich weg. »Das hättest du doch nicht tun müssen! Das hättest du wirklich nicht –«

»Äh, ich –«

»Das ist ja so lieb von dir! Ich habe so liebe Kinder!« Sie zieht Jess an sich und umarmt sie auch. »Das ist der schönste Morgen meines Lebens! Besser kann ein Tag gar nicht anfangen.« Mit strahlendem Gesicht hüpft sie förmlich zum Herd und schwenkt wieder die Pfanne.

Jess flüstert argwöhnisch: »Das warst gar nicht du, gib's zu.«

»Wer denn dann?«, erwidere ich ebenfalls mit gedämpfter Stimme.

»Da steckt doch was dahinter! Warum sagst du ihr nicht die Wahrheit?«

Aber ich kann einfach nicht verhindern, dass ich übers ganze Gesicht grinse.

Als wir nach dem Frühstück das Haus verlassen und Mum uns durchs Fenster nachwinkt, sage ich zu Jess: »Wenn du willst, zeige ich dir, wer das mit dem Garten war.«

Wir laufen in Richtung Kirche. Jess' Haltestelle ist um die Ecke von meiner Schule, wenn wir uns beeilen, kriegt sie den Bus trotzdem noch.

Sie sieht auf die Uhr. »Ich hab aber nur noch zehn Minuten.«

»So lange dauert es nicht«, gebe ich zurück.

Wir biegen von der Straße ab, stapfen durchs hohe Gras, klettern dann über den morschen Zaun und gehen den Weg zur Kirche hoch. Die Kirche sieht aus wie jeden Morgen, wenn ich daran vorbeikomme: alt und düster.

»Ich bin nicht gern hier«, sagt Jess.

»Aber mit Ben bist du hergekommen.«

»Tja, Ben ist jetzt aber nicht da.«

Die Tür steht offen und schwingt im Wind hin und her, ihr Quietschen schneidet Jess das Wort ab.

»Es ist nichts Gruseliges«, versichere ich ihr.

Steinchen knirschen unter unseren Schritten.

An der Tür bleibt Jess stehen, aber ich gehe einfach weiter, ohne mich nach ihr umzudrehen. Es wäre ihr viel zu peinlich zuzugeben, dass sie sich mehr fürchtet als ihr kleiner Bruder. Als sie mich einholt, merke ich, dass sie den Atem anhält, aber ich sage nichts dazu, denn mir geht es genauso. Ich weiß nicht, was uns erwartet.

Obwohl – eigentlich doch.

Es war Steinvogel, der unseren Garten aufgeräumt hat, denn so kam es in meiner Geschichte vor. Wer soll es auch sonst gewesen sein? Aber es ist etwas anderes, sich etwas nur auszumalen, als es mit eigenen Augen zu sehen.

Die vielen kleinen Fratzen und Ungeheuer unter der Decke grinsen im Morgenlicht, das durch die zerbrochenen Fenster dringt, noch boshafter als sonst.

»Du wirst staunen«, sage ich.

»Hör mal, Liam, es geht doch wohl nicht wieder um diesen Gargoyle, oder? Diesmal lasse ich mich nicht von dir verarschen.«

Wusch! Eine Ratte kommt zwischen den Bänken hervorgeschossen, und Jess weicht erschrocken zurück. »Ich will hier raus!«

»Es ist alles in Ordnung«, entgegne ich.

Sie späht zu den glotzäugigen Fratzen hoch. »Du willst mir bloß Angst machen«, sagt sie. »Ich gehe jetzt.«

»Jess«, rufe ich.

Aber sie ist schon weg.

Ich warte kurz ab, dann trete ich durch die niedrige Tür in die halbdunkle Sakristei.

Er hockt mit dem Rücken zu mir. Seine riesigen Flügel wölben sich über dem Rücken wie eine Rüstung.

Er hat sich wieder bewegt!

Mein Blick fällt auf den Fußboden. Erde. Steinvogel hat eine Schmutzspur hinter sich her gezogen, von der Tür bis zu dem Fenster, vor dem er jetzt steht. Eine Spur aus Erde, Gras und welkem Laub.

Feuchte Klumpen kleben zwischen seinen Zehen und unter seinen Pranken. Ich betrachte meine Hände. Beinahe kann ich spüren, wie das verzauberte Ei sie wärmt.

Wie kann das sein?

Auf einmal bin ich froh, dass Jess nicht hier ist.

Ich möchte gar nicht, dass sie über Steinvogel Bescheid weiß – dass irgendjemand über ihn Bescheid weiß.

Ich stelle mich vor ihn hin, strecke die Hand aus, die im trüben Licht leichenblass aussieht, und berühre seine Brust an der Stelle, wo ich das Herz vermute.

Der Stein ist wieder ganz warm.

Wenn er tatsächlich unseren Garten in Ordnung gebracht hat, dann …

»Dann bist du lebendig«, sage ich.

Er ist nicht weggeflogen. Er hat mich beschützt. Er hat den Garten aufgeräumt. Ich habe drei verschiedene Geschichten erzählt, und Steinvogel hat sie jedes Mal in die Tat umgesetzt.

Und wenn ich noch eine Geschichte erzähle?

23

Als ich aus der Schule komme, steht jemand vor unserem Haus. Von weitem halte ich ihn für den Postboten, aber dann fällt mir ein, dass die Post schon morgens um elf kommt, nicht nachmittags um halb vier. Außerdem trägt der Betreffende eine Jeans und hat ein Skateboard dabei, und die Post wird vermutlich nicht per Skateboard ausgetragen. Doch erst, als ich näher komme, erkenne ich Jess' neuen Freund.

»Tag, Liam«, sagt er mürrisch.

Drinnen im Haus schreit jemand.

»Anscheinend hast du meine Mutter schon kennengelernt«, sage ich.

»Mhm.«

»Willst du mit reinkommen?«

»Lieber nicht.« Er verpasst der Fußmatte einen Tritt. »Sonst schmeißt sie mich bloß noch mal raus.«

Weil ich denke, er macht einen Witz, lache ich, aber dann kommt mir der Verdacht, dass er es ernst meint, und ich tarne mein Lachen als Hustenanfall. Als ich die Haustür aufschließe, schlägt ein Riesenkrach über mir zusammen.

»... UND DU HAST EINFACH DIE SCHULE GESCHWÄNZT?«, schreit Mum.

»DU HÖRST MIR ÜBERHAUPT NICHT ZU!«, kreischt Jess.

Daisy kommt mit eingeklemmtem Schwanz aus der Küche und verzieht sich ins Wohnzimmer, wo sie sich unter dem Tisch zusammenrollt und den Kopf auf die Pfoten legt. Ich will eben die Schuhe ausziehen, da kommt Jess mit tränenüberströmtem Gesicht aus der Küche gestapft.

»Wo willst du denn hin?«, fragt Mum in etwas ruhigerem Ton.

»Weg«, gibt Jess zurück. Auch sie spricht jetzt ruhig, aber es ist die Ruhe vor dem Sturm. Sie kann jeden Augenblick explodieren. Keine von beiden nimmt mich zur Kenntnis, obwohl ich mitten in der Diele stehe.

»Komm wieder her«, sagt Mum.

Aber Jess geht wortlos an mir vorbei und zur Haustür.

»Du bist erst *dreizehn*!«

»Ich bin fast vierzehn!«, brüllt sie. »Alle Mädchen aus meiner Klasse haben einen Freund! Ich sehe nicht ein, wieso ich die einzige Ausnahme sein soll. Und er ist total nett. Kannst Liam fragen!«

Ich fürchte schon, dass ich jetzt in ihren Streit hineingezogen werde, aber sie schreien sich schon wieder an. Das Geschrei wird immer lauter und schriller, bis ich mir die Ohren zuhalten muss. Am liebsten würde ich mich zu

Daisy unter den Tisch setzen. Oder mich zu Steinvogel in die dunkle Kirche flüchten.

Auf einmal wird es schlagartig still.

Ich mache die Augen wieder auf.

»Was hast du gerade gesagt?«, fragt Mum.

Dabei sieht sie mich an.

In meinen Ohren rauscht es, ich kann keinen klaren Gedanken fassen. *Habe ich etwas gesagt?* Ich bewege probehalber die Lippen. Haben sie irgendetwas ausgesprochen? Aber ich kann es nicht leiden, wenn man mich so anstarrt, und spüre, wie mir der Schweiß ausbricht.

Dann fällt es mir wieder ein.

Es ging um etwas, das ich in Grandmas Tagebuch gelesen habe.

»Grandma hatte auch einen Freund, als sie dreizehn war«, wiederhole ich.

»Wie kommst du denn darauf?«, fragt Mum. Ihr Gesicht ist so reglos wie eine Maske aus Stein, ich kann nicht erkennen, ob sie noch wütend ist. »Das wusste ich gar nicht.«

Das ist der Augenblick, in dem mir klarwird, dass Grandmas Tagebuch nicht länger mein Geheimnis bleiben kann. Natürlich könnte ich mir rasch eine Lüge ausdenken, aber dafür bin ich viel zu durcheinander.

»Das steht in ihrem Tagebuch«, antworte ich.

»Welchem Tagebuch?«

»Ich hab's gefunden, als wir die alten Sachen ausgemistet haben. In einem der Kartons aus der Garage.«

»Und warum hast du es mir nicht gezeigt?« Mum dreht sich zu Jess um. »Hast du das gewusst?«

Jess schüttelt den Kopf.

Ist dir auch schon aufgefallen, dass es zwei Sorten von Weinen gibt? Ein nervtötendes Weinen, das einen sauer macht, und eines, von dem du selbst ganz traurig wirst? Zum Beispiel, wenn im Zug ein Baby so laut heult, dass dir die Ohren weh tun und du nur noch wegwillst. Aber wenn man sieht, wie jemand lautlos weint und ihm die Tränen übers Gesicht laufen, dann fühlt man sich manchmal wie ein Dominostein, der umfällt. Kennst du das?

Genauso fühle ich mich nämlich jetzt. Wie ein riesengroßer Dominostein, der rückwärts umfällt.

Abends liege ich im Bett und denke: *Alles ist meine Schuld.*

Ich habe Mum das Tagebuch gebracht, aber sie ist immer noch unten im Wohnzimmer, und es ist schon eine ganze Weile Rotweinzeit. Und Jess ist in ihrem Zimmer, hat die Musik aufgedreht und heult vermutlich auch.

Dabei war heute Morgen alles noch so schön! Mum war so glücklich, dass sie richtig durch die Küche getanzt ist, und sogar Jess hatte einigermaßen gute Laune. Jetzt ist alles im Eimer, und ich bin schuld.

Andererseits bin ich jetzt der Mann im Haus, und wenn etwas kaputtgeht, bin ich dafür zuständig, es wieder in Ordnung zu bringen.

Aber womit soll ich bloß anfangen? Es gibt so vieles, was nicht in Ordnung ist. Ob der Weißen Maus auch manchmal so zumute war, als sie gleichzeitig vor den Nazis flüchten und Leute aus Frankreich rausschmuggeln musste?

Dann habe ich eine Eingebung.

Steinvogel.

Wenn meine letzte Geschichte bewirkt hat, dass er unseren Garten in Ordnung gebracht hat, kann er mir vielleicht auch diesmal helfen. Andererseits war die Geschichte über den Garten eigentlich nur eine Verlegenheitslösung, weil mir nichts Besseres eingefallen ist. Ich hatte mir vorher nichts überlegt. Was mache ich, wenn es diesmal nicht klappt?

Trotzdem entzündet der Gedanke in mir einen Hoffnungsfunken, der immer heller brennt. Ich wünsche mir nur noch, dass es wieder Morgen wird und ich in die Schule kann.

Ich hole ein Notizbuch und einen Stift aus meiner Nachttischschublade und schreibe eine Liste. Sie lautet so:

– Mum helfen, mit dem ganzen Mist klarzukommen, der so passiert.

– Dafür sorgen, dass Jess nicht mehr die Schule schwänzt und sich wieder mit Mum verträgt.
– Dafür sorgen, dass mich Matt nie mehr tyrannisiert.

Jetzt muss ich mir nur noch ein paar richtig gute Geschichten ausdenken.

24

Als wir das nächste Mal im Erzählkreis sitzen, bin ich vorbereitet.

Trotzdem kann ich mich nicht auf die Geschichten der anderen konzentrieren. Ich möchte endlich drankommen.

Dann ist es so weit.

Ich halte das Ei in der Hand und denke an den Gargoyle, an Steinvogel, aber vor allem denke ich an Mum. Die Worte sprudeln schon aus mir heraus, bevor ich richtig weiß, was ich sagen will, ich brauche ihnen nur freien Lauf zu lassen.

Es war eine kalte Nacht, fange ich an, *und der Gargoyle erwachte zum Leben.*

Er kauerte im Mondschein auf dem Kirchendach und lauschte auf den Wind, die Bäume und auf alles, was nur ein Gargoyle hört.

Kummer.

Angst.

Wünsche, Hoffnungen und Träume.

Auf dieser Kirche war es viel ruhiger als auf seinem vorigen Zuhause, der Kathedrale Notre-Dame. Paris war so laut. Dort gab es zu viele Menschen, zu viele Dämonen, zu vieles, was in Ordnung gebracht werden musste.

Hier konnte er sich besser konzentrieren.

Der Gargoyle breitete die Flügel aus, schwang sich in die Lüfte und flog über die kleine Stadt.

Auf einmal hörte er jemanden weinen und dazu laute, schreckliche Musik. Er spürte sofort, dass dort unten eine Familie war, die seine Hilfe dringender brauchte als alle anderen Familien.

Ich nenne keine Namen, und ich will auch nicht nur von Mum und Jess erzählen, weil mir das irgendwie unfair vorkommt, darum erwähne ich noch andere Leute, die meine Mitschüler bestimmt kennen.

Schubkarren-Will zum Beispiel, den alten Mann, der seine Einkäufe immer in einer Schubkarre durch die Gegend schiebt und die ganze Zeit Selbstgespräche führt.

Und Mrs Rowden, das ist die Frau, die einem immer so böse nachschaut, wenn man an ihrem Haus vorbeikommt.

Kennst du auch solche Leute, die seltsame Sachen machen, zum Beispiel mit der Schubkarre einkaufen gehen oder die ganze Zeit aus dem Fenster gucken? Ich habe darüber nachgedacht und glaube, es ist so: Vermutlich sind diese Leute nicht seltsamer als wir alle, denn wir haben alle unsere Macken. Außerdem hat es womöglich einen traurigen Grund, dass sie sich so verhalten, so wie die Rotweinzeit bei uns zu Hause einen traurigen Grund hat, nämlich den, dass Mum Grandma so liebhat, aber Grandma von Tag zu Tag mehr verschwindet.

Ich baue alle diese Leute in meine Geschichte ein, damit Steinvogel ihnen helfen kann.

Der Rest des Unterrichts vergeht quälend langsam, weil ich es nicht abwarten kann, nach Hause zu kommen und zu sehen, ob es geklappt hat.

In Geschichte erzählt uns Mrs Culpepper von einem anderen Helden aus dem Zweiten Weltkrieg. Er hieß Oskar Schindler, aber viel mehr bekomme ich nicht mit, denn was sie erzählt, geht mir zum einen Ohr rein und zum anderen wieder raus. Nichts bleibt hängen.

Nur der Kartoffelbrei.

In der Schulkantine geht Matt an meinem Tisch vorbei und schnippt einen Klumpen Kartoffelpüree in meine Richtung. Der Klumpen landet schmatzend in meinem Schoß. Ich fege ihn runter, und er fällt auf den Boden, aber als ich wieder aufblicke, steht Matt immer noch da.

»Wann hörst du endlich mit diesen bescheuerten Geschichten auf?«, sagt er.

»Wann lässt du mich endlich in Ruhe?«, sage ich.

Der nächste Klumpen Kartoffelbrei landet auf meinem Schuh. »Hoppla!«, sagt Matt, dann schlendert er lachend davon und ruft über die Schulter: »Das kann noch lange dauern!«

Ein paar andere Sechstklässler kriegen mit, wie ich das klebrige Zeug abwische, aber sie schauen schnell weg und tun so, als hätten sie nichts gesehen. Manchmal ärgert mich das noch mehr als Matts Gemeinheiten. Ich müsste mal jemanden darauf ansprechen, aber ich traue mich nicht. Ich bin nicht besser als die anderen.

Weil mir der Appetit vergangen ist, lasse ich den halbvollen Teller stehen und verbringe den Rest der Mittagspause im Klassenzimmer.

Danach schaue ich alle paar Minuten auf die Uhr und warte darauf, dass die Schule endlich aus ist.

Ich renne so schnell nach Hause, wie ich kann, weil ich Angst habe, dass Matt mir wieder auflauert.

Als ich in die Küche komme, hängt ein Zettel von Mum am Kühlschrank:

Bin mit Gary weg, komme bald wieder.

Pizza ist im Kühlschrank.

Kuss, Mum

Nach zehn Minuten kommt auch Jess aus der Schule, und zwar mit einem weltrekordfinsteren Gesicht. »Mum hat mir eine SMS geschickt«, verkündet sie. »Ich soll dich babysitten. Nur dass du's weißt: Du versaust mir den Abend.«

»Ich bin aber kein Baby mehr«, entgegne ich.

»Das habe ich Mum auch geantwortet.«

Daisy kommt schwanzwedelnd angesprungen, aber Jess begrüßt sie nicht mal, was nicht nett ist, denn Daisy kann schließlich nichts dafür. Sie freut sich einfach nur, dass wir wieder da sind.

Weil ich immer noch keinen Hunger habe, gehe ich nach oben, lege mich aufs Bett und gucke Fernsehen. Nach einer Weile fallen mir die Augen zu. Ich kämpfe dagegen an, aber die Müdigkeit ist stärker, und der Schlaf überwältigt mich, bevor ich es richtig mitbekomme.

Ich treibe in einem Fluss auf dem Rücken, und die Strömung trägt mich dem rötlichen Horizont entgegen. Die Sonne versinkt in der dunklen, dunklen Erde, die Vögel verabschieden sich singend vom Tag, und ich will einfach nur weiter im Wasser treiben und alles andere vergessen.

Jemand ist hier.

Von diesem Gedanken wache ich auf.

Jemand ist hier im Zimmer.

Ich bewege mich nicht, lasse nur den Blick umherwandern. Obwohl es dunkel ist, erkenne ich ihn. Mein Herz setzt einen Schlag aus.

»Steinvogel!«, sage ich.

»Liam«, antwortet es.

Komisch, schießt es mir durch den Kopf, *Steinvogel kann doch nicht sprechen!*

»Mein lieber kleiner Liam«, sagt die gleiche Stimme, und jetzt setze ich mich auf. Es ist nicht der Gargoyle, der sich über mein Bett beugt, es ist …

»Mum?«, frage ich.

»Ist schon gut«, erwidert sie. »Ich wollte dich nicht wecken.«

»Das mit dem Tagebuch tut mir leid. Ich hätte dir davon erzählen sollen.«

Sie streicht mir über den Kopf. »Wenn sich hier jemand entschuldigen muss, dann ich. Ist doch klar, dass du gern mehr über deine Großmutter erfahren möchtest. Da fällt mir ein: Hast du irgendwo noch den Eintrag vom 16. Januar 1941?«

»Wie meinst du das?«, frage ich verständnislos.

»Die Seite ist nicht mehr da. Jemand hat sie rausgerissen.«

Wie bitte?

Ich reibe mir die Augen, versuche die Benommenheit abzuschütteln.

Eine fehlende Seite? Wie konnte ich das übersehen? Grandma selbst hat ja wohl kaum ein Blatt aus ihrem Tagebuch herausgerissen – außer sie wollte auf keinen Fall, dass jemand den betreffenden Eintrag liest. Außer sie hatte etwas zu verbergen.

»Ist mir gar nicht aufgefallen«, sage ich und überlege, worum es in den anderen Einträgen vom Januar 1941 ging. Aber ich kann nicht richtig denken, weil mir schon wieder die Augen zufallen.

»Ist nicht so wichtig, mein kleiner Schatz. Schlaf gut. Bis morgen früh.«

Sie geht zum Fenster und zieht die Vorhänge zu, doch bevor das Zimmer in Dunkelheit versinkt, sehe ich draußen etwas Gelbes aufleuchten.

25

Am nächsten Morgen laufe ich als Erstes zum Fenster.

Nein, das stimmt nicht. Als Erstes stelle ich den Wecker aus, als Zweites gähne ich, und als Drittes recke ich mich. Aber dann fällt mir meine Geschichte wieder ein und das gelbe Leuchten von gestern Nacht. Ich springe aus dem Bett, reiße das Fenster auf und schaue raus.

Das gelbe Leuchten ist verschwunden.

Meine Vorfreude plötzlich auch.

Wahrscheinlich war es einfach zu viel verlangt. Vielleicht verhält es sich ja mit Steinvogel so ähnlich wie mit dem Geist aus *Aladins Wunderlampe*, der auch keine Menschen beeinflussen kann. Vielleicht habe ich die Liste umsonst geschrieben und die Geschichte umsonst erzählt.

Ich will das Fenster eben wieder zumachen, als etwas im Garten meinen Blick anzieht.

Er ist hier.

Steinvogel steht unten auf dem Rasen. Er ist doch ein Wundervogel.

»Es hat geklappt!«, flüstere ich und schüttelte ungläubig den Kopf. »Es hat geklappt!«, wiederhole ich laut. Es ist mir egal, ob mich jemand hört und denkt, ich spinne. Es hat geklappt, es hat geklappt, es hat geklappt!

Steinvogel schaut zu mir hoch, und ich schaue zu ihm runter.

Ich bewege stumm die Lippen: *Danke.*

Er wendet sich ab, springt mit einem Satz über die Hecke und ist weg.

Als ich die Treppe runterlaufe, kribbelt mein Magen vor Aufregung.

Aus der Küche kommen Stimmen, was nur bedeuten kann, dass Jess und Mum wieder miteinander reden. Stimmt, sie beugen sich sogar kichernd über Grandmas Tagebuch und lesen den Eintrag über ihren ersten Freund.

»Rupert!?« Jess verschluckt sich vor Lachen beinahe an ihren Choco Krispies. »So heißt doch kein Mensch!«

Auch wenn ich immer noch überglücklich über meine Begegnung mit Steinvogel bin, fällt mir beim Anblick des Tagebuchs sofort die fehlende Seite ein. Eigentlich kann das nur eines bedeuten. Aber um sicherzugehen, muss ich mir noch mal den Januar 1941 durchlesen, und dazu muss ich mir das Tagebuch wieder holen.

Bevor ich zur Schule aufbreche, umarmt Mum mich. »Ich möchte mich noch mal für gestern entschuldigen. Keine Ahnung, was da in mich gefahren war.«

»Schon in Ordnung.«

»Jess tut es auch leid, sie kann es nur nicht so ausdrücken. Sie hat es momentan nicht leicht. Du weißt schon, die Hormone und so.«

Ich habe zwar keine Ahnung, was das sein soll, nicke aber wissend, erwidere die Umarmung und verlasse das Haus.

Ich kann immer noch nicht fassen, dass Steinvogel tatsächlich heute Nacht zu uns gekommen ist. Das ist jetzt schon das vierte Mal. Ich habe vier Geschichten erzählt, und alle vier sind wahr geworden. Deswegen hat mich Mum wahrscheinlich gestern auch geweckt. Sie hat seit Ewigkeiten mal wieder richtig gute Laune – und sie redet wieder mit Jess.

Das habe ich alles nur Steinvogel zu verdanken.

Und mir selbst.

Ich bin so glücklich, dass es nur einen gibt, der mir die Laune verderben kann.

Und rate mal, wer vor der Schule auf mich wartet?

Matt, Cheesy und Joe.

Ich tue so, als hätte ich sie nicht gesehen, und gehe schnurstracks in Richtung Eingang, aber Cheesy verstellt mir den Weg.

»Nicht so eilig!« Er lacht sein hämisches Lachen, und Spucketröpfchen fliegen ihm aus dem Mund.

Ich will ihm ausweichen, aber auf der anderen Seite steht Joe.

Tief durchatmen, ermahne ich mich selbst, *tief durchatmen*.

Aber das ist nicht so einfach, wenn es einem die Kehle zuschnürt.

Ich versuche, mir meine Angst nicht anmerken zu lassen, und sehe mich unauffällig um, aber die Lehrer sind wahrscheinlich schon alle reingegangen. Wenn ich es schaffe, mich vor eins der Fenster zu stellen, sieht uns vielleicht jemand. Blöderweise haben sich Matts Freunde so aufgebaut, dass ich mich nicht von der Stelle rühren kann.

Als ich Schritte höre, drehe ich mich um und schöpfe wieder Hoffnung.

»Na, Jungs?« Es ist Mr Hill, der Klassenlehrer der Vierten, der ins Sekretariat will.

Aber er sieht uns nicht an, jedenfalls nicht richtig. Er hat es eilig, und gleich ist er wieder weg.

»Mr Hill!«, spreche ich ihn an.

»Ihr wisst aber schon, dass der Unterricht gleich anfängt?«, entgegnet er.

»Klar«, sagt Matt, legt mir den Arm um die Schulter und führt mich vom Vordereingang weg. »Wir sind schon unterwegs.«

»Schön, schön«, sagt Mr Hill im Weitergehen.

Dann ist er außer Sicht.

Wir leider auch.

Matt spricht mir direkt ins Ohr. »Netter Versuch.«

»Stimmt«, sagt Joe. »Gerade noch mal gutgegangen.«

»Klappe!«, faucht Matt.

Er lässt mich endlich los, und ich schaue mich um. Mein erster Gedanke ist, dass wir gar nicht mehr auf dem Schulgelände sind, denn das hier ist weder der große noch der kleine Spielplatz. Aber eigentlich kann das nicht sein, denn so weit sind wir nicht gegangen. Die Glastür vor uns könnte in die Bücherei führen, und neben uns …

Neben uns ist ein Teich.

»Was soll das?«, sage ich. »Wir kommen zu spät!«

Bei Mrs Culpepper ist das zwar nicht so schlimm, weil sie eigentlich nie richtig schimpft, aber es ist das Erstbeste, was mir einfällt. Vielleicht lenkt es die drei ja kurz ab, und ich kann wegrennen.

»Ich habe nicht gelogen«, erwidert Matt und tritt ein Stück zurück. Sein Gesichtsausdruck jagt mir einen kalten Schauer über den Rücken. »Ich habe gesagt, wir sind unterwegs, und jetzt sind wir am Ziel. Hoffentlich hast du ein Handtuch dabei.«

Er packt mich an der Schulter, beugt sich vor und zischelt so leise, dass es die beiden anderen nicht hören: »Sag deiner Mutter, sie soll gefälligst die Finger von meinem Vater lassen!«

Dann schubst er mich.

Ich stolpere rückwärts.

Der Teich kommt in Zeitlupe auf mich zu, aber ich kann nicht mehr anhalten.

Platsch!

Ich sehe nur noch Blasen.

Mit zugekniffenen Augen tauche ich unter. Wasserpflanzen schlingen sich um meine Arme, in meiner Nase und meinen Lungen brennt es. Ich schlage um mich und suche mit den Füßen nach dem Grund, traue mich aber nicht, die Augen wieder aufzumachen.

Dann berühren meine Füße etwas Festes, und ich stoße mich ab.

Mein Kopf durchstößt die Wasseroberfläche, ich schnappe gierig nach Luft und spucke prustend die schlammige Brühe aus, die mir in den Mund läuft.

Das Gelächter ist verstummt, ich höre nur noch das Blut in meinen Ohren rauschen.

Matt und die beiden anderen sind weg.

Ich paddle ans Ufer und hieve mich aus dem Wasser. Als ich mich hochrapple, quietscht es in meinen Schuhen. Meine Sachen sind schmutzig und kleben mir am Leib. Ich spucke noch ein paarmal aus, werde den Schlammgeschmack aber nicht los.

Ich weiß, es ist blöd, aber meine Gedanken gelten nicht Matt, Cheesy und Joe, sondern Steinvogel. Er sollte mich doch vor den dreien beschützen! Um Mum und Jess hat er sich gekümmert, aber mich hat er anscheinend vergessen.

»Was ist denn mit dir passiert?«, fragt Jess erstaunt, als ich am Nachmittag heimkomme.

»Ich bin in den Teich gefallen.«

Ich musste mir im Fundbüro der Schule trockene Sachen ausleihen. Die Hose ist viel zu eng und kurz, dafür reicht mir der ausgeleierte blaue Pulli fast bis zu den Knien. Ich sehe total beknackt aus.

»Du siehst aus wie jemand, der sich mitten im Orkan angezogen hat«, sagt Jess.

»Danke.«

Als ich hochgehe, sehe ich etwas auf der Treppe liegen.

Das Tagebuch!

Wahrscheinlich hat Mum es heute Morgen dort hingelegt. Ich schaue mich rasch um, dann schnappe ich es mir und nehme es mit hoch.

In meinem Zimmer setze ich mich damit aufs Bett und schlage es auf. Mum hat recht – eine Seite fehlt.

Man sieht, dass sie rausgerissen wurde, weil der Rand ganz ausgezackt ist und noch ein paar halbe Wörter zu erkennen sind.

Der Eintrag direkt danach ist viel kürzer als alle anderen, die ich bis jetzt gelesen habe.

17. Januar 1941

Ich ertrage den Anblick der Kirche nicht mehr.

Ich muss mir einen neuen Nachhauseweg überlegen.

Merkwürdig. Grandma hat Steinvogel doch immer so gern gezeichnet – warum kann sie seinen Anblick auf einmal nicht mehr aushalten?

Ich blättere zu dem Eintrag direkt davor zurück.

15. Januar 1941
Mit Claire wird es immer schlimmer.
Heute wollte sie mich in der Kirche einsperren.
Ich konnte weglaufen, aber sie hat gesagt,
nächstes Mal bin ich dran.

Die Mutprobe. Es hört sich an, als hätte Grandma richtig Angst davor gehabt und als hätte diese Claire es auf sie abgesehen. Ob es ihr gelungen ist, Grandma in der Kirche einzuschließen?

Ich blättere wieder vor, aber in keinem der späteren Einträge wird der 16. Januar erwähnt.

Claire.

Irgendwie kommt mir der Name bekannt vor, aber nicht nur aus Grandmas Tagebuch. Das Datum genauso. Als hätte ich es schon mal irgendwo gehört – aber wo?

26

Wenn die Mittagspause so zu Ende geht, dann ist klar, dass der Rest des Tages grauenvoll wird:

»He, Hochwasserhose, erzähl uns 'ne Geschichte!«

Lauf, lauf, lauf, lauf.

Trampelnde Schritte hinter mir. Ich renne über den Spielplatz, drehe mich aber nicht um, weil ich gar nicht wissen will, ob sie mich gleich einholen. Ich will mich lieber ganz aufs Laufen konzentrieren, schneller und immer schneller.

Am Hüpfkästchenfeld vorbei und an dem auf den Boden gemalten Baum, der für ein Spiel gedacht ist, das keiner von uns kapiert, um den Fahrradschuppen herum …

Nicht langsamer werden.

»Was hast du denn?«, ruft einer der drei hinter mir her.

»Erzähl uns doch mal wieder von deinem Gargoyle!«

»Kann der auch für mich den Rasen mähen?«

Die Schritte werden lauter, sie sind schon ganz dicht hinter mir. Ich denke nicht nach, renne einfach weiter. Um die Ecke, durch die Eingangstür und …

Rumms!, in Mrs Culpepper hinein. Bücher fliegen durch die Luft.

»Huch!«, ruft sie aus.

Jetzt endlich drehe ich mich um.

Da kommen sie angestürmt, alle drei, Matt vorneweg. Aber sie kommen nicht herein, sondern halten vor der Tür an. Sie zeigen mir den Mittelfinger, machen dann kehrt und schlendern davon.

»Lass nur, ist nicht schlimm«, sagt Mrs Culpepper, als ich ihr helfen will, die Bücher aufzuheben. »Ich wollte dich sowieso gerade suchen. Die Direktorin möchte dich sprechen. Jetzt gleich.«

»Okay.«

»Ist alles in Ordnung? Warum bist du denn so gerannt?«

»Nur so«, sage ich. »Ich wollte nicht zu spät zum Unterricht kommen.«

Am besten fange ich noch mal von vorn an. Also: Wenn man von drei Mitschülern gejagt wird, daraufhin in die Klassenlehrerin reinrennt und dann auch noch hört, dass man zur Direktorin muss, dann ist klar, dass der Rest des Tages grauenvoll wird.

Ich klopfe dreimal, trete von der Tür zurück und warte. An den Wänden hängen Gruppenfotos der verschiedenen Klassen, außerdem Zeichnungen und Bilder aus dem Kunstunterricht. Aus dem Lehrerzimmer am anderen

Ende des Ganges riecht es nach Kaffee. Draußen vor dem Fenster werden die Erstklässler in ordentlichen Zweierreihen von ihren Lehrern ins Schulgebäude geführt.

Plapper, plapper, plapper. Sie reden und lachen und sehen fröhlich aus.

Mrs Willis streckt den Kopf aus der Tür und sagt: »Du kannst jetzt reinkommen, Liam.«

Mein Herz pocht – *bumm, bumm, bumm* –, auch wenn mir nichts einfällt, was ich angestellt haben könnte. *Die Direktorin!* Kennst du das, wenn man an einem Polizisten vorbeikommt und das Gefühl hat, er schaut einem nach? Dann denkt man auch: *Was habe ich verbrochen?*, selbst wenn man gar nichts gemacht hat.

Jess hat erzählt, wenn man an ihrer neuen Schule gegen die Schulordnung verstößt, muss man nachsitzen. So etwas gibt es bei uns nicht, aber ich habe schon mitbekommen, dass Schüler mittags nicht in die Kantine durften oder im Unterricht in der Ecke sitzen mussten und nicht mitmachen durften.

Mit gesenktem Kopf betrete ich das Büro der Direktorin. Ihr Drehstuhl ist mit grünem Leder bezogen, auf dem großen Schreibtisch stehen Familienfotos.

»Du brauchst nicht so schuldbewusst zu gucken«, sagt Mrs Willis freundlich, beugt sich vor und lächelt mich an, wobei die drei grauen Borsten an ihrem Kinn in verschiedene Richtungen zeigen. »Deine Mutter hat angerufen, weil es deiner Großmutter wieder schlechter geht. Sie lässt dir ausrichten, dass du nach der Schule zu den Higgins gehen sollst.«

»Wer sind –«

Dann geht mir ein Licht auf. Ich soll wieder zu Matt.

Als die Direktorin mein Gesicht sieht, schenkt sie mir wieder ihr borstiges Lächeln.

»Na, na«, sagt sie freundlich, »deine Mutter holt dich bestimmt bald ab.«

Als ich wieder in die Klasse komme, grinst Matt boshaft, als hätte er die Neuigkeit bereits vernommen und sich schon Gedanken gemacht, wie er mich diesmal quälen kann. Er lehnt sich zurück und lässt mich nicht aus den Augen. Sein Blick bohrt sich in meinen Rücken, als ich mich hinsetze.

Erzähl uns 'ne Geschichte!, geht es mir wieder und wieder durch den Kopf.

Erzähl uns 'ne Geschichte.

Also gut.

Als wir dann im Kreis auf dem Boden sitzen, das verzauberte Ei unsere Worte aufsaugt und es ganz still im Klassenzimmer ist, von den Geschichten und den erstaunten Ausrufen der Zuhörer abgesehen, da erzähle ich eine Geschichte über Steinvogel und Matt.

Es fällt mir überraschend leicht.

Als das Ei an mich weitergegeben wird, schließe ich die Augen.

Ich denke daran, wie sie mich gejagt haben, wie mir das schlammige Wasser in die Nase gestiegen ist. Ich rufe mir ihre Gesichter und ihr Gelächter in Erinnerung.

Schon vom Drandenken bekomme ich Herzklopfen. Das Ei wärmt meine Hand, und die Worte strömen wie von selbst aus meinem Mund, als hätten sie nur darauf gewartet, ausgesprochen zu werden.

Der Gargoyle witterte etwas, beginne ich.

Als er in der sternklaren Nacht auf dem Dach der verfallenen Kirche saß, hob er die gewaltige Nase in den kalten Wind und witterte ein paar dumme Jungen, die viel zu spät noch draußen waren.

Ich schaue auf. Alle sehen mich gespannt an, weil ich mit Erzählen dran bin. Und Matt und seine beiden Freunde? Diese drei wissen genau, wovon ich rede – nämlich von ihnen.

Ja, sie wissen es.

Das sehe ich an ihren Blicken.

Letztes Mal hat mich Steinvogel nicht beschützt, darum muss ich diesmal auf Nummer Sicher gehen.

Der Gargoyle hat sie erspäht, erzähle ich weiter. *Er beobachtet, wie sie angeben, als ob die Stadt ihnen gehört. Aber der Gargoyle ist so alt wie die Steine, der Wind und die Bäume. Er lebt schon länger als irgendein Kind in der kleinen Stadt und kann es gar nicht leiden, wenn jemand in seinem Revier so angibt.*

Er sitzt auf dem Dach und schaut nach unten.

Er wartet.

Und als die Jungen näher kommen, stößt er sich ab und lässt sich vom Wind tragen. Obwohl der Gargoyle riesengroß ist und jeder seiner steinernen Flügel mehr als ein Auto wiegt, fliegt er so elegant wie ein Vogel.

Die Jungen – es sind übrigens drei – sehen einen Schatten über die Straße gleiten.

Sie schauen einander mit aufgerissenen Augen an und wissen nicht, was sie machen sollen.

»Was ist das?«, fragt der eine.

Doch er bekommt keine Antwort. Der Gargoyle kann hören und verstehen, aber wie ein Mensch sprechen kann er nicht. Er spricht mit den Augen, dem Schnabel und den Klauen.

»Wir haben keine Angst!«, prahlt der Größte der drei.

Im selben Augenblick landet der Gargoyle vor ihnen. Er duckt sich sprungbereit, seine Augen leuchten hell wie der Mond, und sein Schwanz peitscht hin und her. Die Jungen weichen erst einen Schritt zurück, dann noch einen, und dann rennen sie los.

Aber der Gargoyle ist schneller. Er jagt sie flügelschlagend vor sich her, dann packt er den Anführer der drei. Die beiden anderen haben solche Angst, dass sie sich nicht mal mehr umdrehen.

Der Anführer ruft verzweifelt um Hilfe, aber niemand hört ihn.

Niemand sieht, wie der Gargoyle mit ihm in die Nacht entschwindet.

27

In der Klasse ist es so still, dass man einen Käfer übers Fensterbrett krabbeln hören könnte.

Ich halte das Ei in die Runde, aber niemand nimmt es mir ab. Erst da blicke ich wieder auf und stelle fest, dass alle mit offenem Mund dasitzen. Als ich noch klein war, habe ich mal mit Jess in ihrem Zimmer gespielt, und auf dem Fußboden lag ein runtergefallener Kartoffelchip. Ich habe ihn mit dem Finger weggeschnipst, so wie man eine Blattlaus vom Ärmel schnipst, und er ist Jess direkt in den Mund geflogen. Ehrlich! *Schwupps*, war er drin und guckte ein Stückchen raus wie ein Zigarettenstummel.

So etwas klappt eigentlich nur einmal im Leben, auch wenn man tausendmal üben würde.

Aber jetzt könnte ich es wieder schaffen, hier im Erzählkreis.

Denn die Münder meiner Mitschüler stehen sperrangelweit offen.

Ich schaue von einem Gesicht zum nächsten, wobei ich das Ei immer noch in der ausgestreckten Hand halte.

Matt ist ganz blass und kneift die Lippen so fest zusammen, dass sie ein waagerechter Strich in seiner unteren Gesichtshälfte sind. Er hält seine Knie umklammert und wiegt sich vor und zurück. Joe und Cheesy nicken sich zu, dann sehen sie wieder mich an, und ich lese in ihren Augen die Botschaft: *Das ist dein Todesurteil.*

Schließlich steht Mrs Culpepper auf, nimmt mir das Ei ab und sagt: »Ich glaube, das waren für heute genug Geschichten.«

Sie legt das Ei in ihre Schreibtischschublade und knallt die Schublade zu. Dabei macht sie ein Gesicht, wie ich es von ihr überhaupt nicht kenne.

Als es zum Schulschluss läutet, stehe ich nicht auf und gehe raus. Ich bleibe einfach sitzen und warte, bis alle ihre Stühle an die Tische geschoben und ihre Taschen und Jacken von den Haken im Flur genommen haben. Bis alle weg sind.

Matt und seine Freunde sind als Erste draußen, aber mir ist klar, dass sie mir auflauern werden.

Ich bleibe so lange sitzen, bis außer mir und Mrs Culpepper niemand mehr da ist. Sie blickt von ihrem Schreibtisch auf und will gerade etwas sagen, als eine Frau zur Tür hereinguckt und fragt: »Ist das hier die Klasse von Mrs Forrester?«

»Nein«, antwortet Mrs Culpepper und schaut mich

wieder an. So enttäuscht hat sie noch nie ausgesehen, aber als sie aufsteht, sagt sie nur: »Wir sprechen uns noch.«

Dann bin nur noch ich übrig. Ich nehme meine Tasche und gehe zur Tür. Durch die Glasscheibe kann ich in den Flur hinausspähen. Leer. Jedenfalls auf den ersten Blick. Sie können sich natürlich auch versteckt haben, aber ich gehe eigentlich davon aus, dass sie im Hof zwischen dem Schulgebäude und dem Sportplatz auf mich warten, dort, wo auch immer die Eltern stehen. Dort können sie sich hinter die Mauer ducken.

Nach dem warmen Ei fühlt sich die Türklinke eiskalt an.

Draußen im Flur wende ich mich nach links und gehe nicht in Richtung Ausgang, sondern durch die Glastür zu den Toiletten.

Ich will mich nur ein paar Minuten verstecken, und dann …

Ja, was dann?

Sie werden mich suchen, und sie finden mich bestimmt auch auf dem Klo. In unserer Schule gibt es sowieso nicht viele Verstecke, und wenn ich draußen nicht an ihnen vorbeikomme, muss ihnen klar sein, dass ich noch drinnen bin.

In der Toilette riecht es nach Seife und Pipi. Ich spüre unter den Schuhsohlen, wie klebrig der Boden ist, als ich zur nächstbesten Kabine gehe und mich einschließe. Wenn sich im Fernsehen jemand auf dem Klo versteckt, guckt der Bösewicht immer als Erstes unter die Tür, darum klappe ich den Klodeckel zu, setze mich drauf und ziehe die Füße hoch.

Nur ein paar Minuten.

Ich schaue auf meine Armbanduhr und verfolge das Ticken des Sekundenzeigers. *Tick-tick-tick.*

Aus Viertel nach drei wird halb vier, wird vier, und die drei lassen sich immer noch nicht blicken. Trotzdem traue ich mich nicht, mein Versteck zu verlassen. Ich traue mich nicht mal, richtig zu atmen, weil ich Angst habe, sie könnten mit gespitzten Ohren darauf lauern, dass ich mich verrate.

Nur noch ein paar Minuten, nur noch ein paar Minuten, rede ich mir ein, aber die Minuten verstreichen eine nach der anderen, bis schließlich eine ganze Stunde um ist. Das Licht in der Toilette geht nur an, wenn sich jemand bewegt, was bedeutet, dass ich jetzt im Dunkeln sitze. Ich male mir aus, wie der Hausmeister die Schule abschließt, ich ohne etwas zu essen und zu trinken hier eingesperrt bin und darauf warten muss, dass mich morgen früh die Putzfrau entdeckt. Aber noch habe ich Zeit, weil heute Abend das Schulorchester probt und das Gebäude erst um sechs abgeschlossen wird.

Nach einer Weile muss ich mir die Nase zuhalten, weil es so stinkt. Dunkelheit *und* Gestank – das ist zu viel. Es gibt nur ein einziges kleines Fenster über dem Waschbecken, und die Sonne geht schon unter. Das letzte trübe Tageslicht wird immer schwächer.

Um mich abzulenken, rufe ich mir ins Gedächtnis, was ich eigentlich alles über Grandma weiß. Zum Beispiel, dass Mum Jess und mich mal bei unseren Großeltern geparkt hat, als sie in Bath auf eine Hochzeit eingeladen war. Ich kann mich aber nur noch erinnern, dass ich sauer darüber war. Wenn du mal irgendwo bleiben musst, wo du nicht hinwillst, malst du dir am besten schon vorher aus, dass es blöd und todlangweilig wird, denn es wird niemals so schlimm, wie man es erwartet.

Grandma hat uns in den Pub mitgenommen, fällt mir jetzt wieder ein. Im Garten hinter dem Lokal fand eine Shakespeare-Aufführung statt. Das Stück war laut und verwirrend und dauerte ungefähr hundert Jahre. Ich verstand nicht richtig, worum es eigentlich ging, aber Grandma und Grandpa amüsierten sich so prächtig, dass ich auch so tat, als ob es mir Spaß machen würde, denn schließlich hatten sie Jess und mir etwas bieten wollen.

Jetzt können sich die beiden nicht mehr amüsieren.

Grandpa ist tot, und in Grandmas Kopf haust ein Dämon, der dafür sorgt, dass sie alles vergisst.

Ich wünschte, Matt und seine Freunde würden mich auch vergessen.

Nur dieses eine Mal.

Nur heute, damit ich endlich nach Hause kann.

Aber mein Wunsch erfüllt sich nicht.

Peng! Die Tür zum Toilettenraum fliegt auf. Schritte schmatzen über den klebrigen Boden. Gedämpfte Stimmen. Ich atme, so leise ich kann. Das Licht geht flackernd an, und vor der Kabinentür huschen Schatten hin und her. Mein Herz schlägt viel lauter als die Stimmen, so laut, dass sie es bestimmt hören.

Die Kabinentür ist verriegelt. Können die drei sie aufbrechen? Ich bin ein guter Läufer, aber sie sind in der Überzahl, und es wird mir nicht gelingen, ihnen zu entwischen.

Ich bete eher selten, aber jetzt schicke ich eine ganze Serie stummer Stoßgebete an den lieben Gott, an Jesus, Zeus, König Artus, Robin Hood und zu guter Letzt an Nancy Wake, die Weiße Maus. Ich bete, bete, bete, dass sie mich nicht verprügeln.

»Kuckuck, Liam!«, ruft Matt mit verstellter Babystimme.

»Komm doch mal ra-haus!«

»Wir tun dir auch nichts. Wir wollen dir bloß eine kleine Dusche verpassen.«

Gekicher. Dann kracht es wieder, als sie die Tür der hintersten Kabine auftreten.

Es gibt insgesamt nur drei Kabinen, und ich sitze in der mittleren. Gleich treten sie gegen meine Tür, stellen fest, dass sie verriegelt ist, und wissen Bescheid. Dann bin ich geliefert. Ich stelle mir den Wasserschwall vor, der sich über mich ergießt, wenn sie meinen Kopf ins Toilettenbecken drücken und spülen, stelle mir vor, wie ich vergeblich nach Luft schnappe.

Ich muss hier raus.

Peng! Sie treten gegen die Tür.

Peng!

»Wir wissen, dass du da drin bist!«

Rüttel-rüttel-rüttel! Die Türangeln sind aus massivem Eisen und scheinen zu halten. Sie können die Tür nicht aufbrechen, auf keinen Fall.

Peng!

»Mach endlich auf!«

Ich schweige stur, auch wenn schon alles verloren ist. Dann habe ich eine Eingebung. Ich muss etwas unternehmen, und plötzlich weiß ich auch, was!

Ich strecke in Zeitlupe die Hand aus, bis meine Finger den kalten Riegel zu fassen bekommen.

Und dann drehe ich ihn herum.

Millimeter für Millimeter.

Mit zusammengebissenen Zähnen entriegle ich geräuschlos die Tür.

Zwischendurch halte ich immer wieder inne und lausche.

Immer wieder treten sie – *Peng!* – gegen die Tür und rütteln daran. Dann ziehe ich die Hand zurück und beiße mir auf die Unterlippe. Aber jedes Mal, wenn sie wieder von der Tür ablassen, drehe ich den Riegel einen Millimeter weiter.

Langsam, langsam, langsam, langsam.

Noch fünf Millimeter, und die Tür ist offen.

Noch einer.

Beim nächsten Tritt fliegt die Tür nach innen auf, aber ich ramme im selben Augenblick die Schulter dagegen. Die Tür trifft Matt mitten ins Gesicht, er taumelt gegen das Waschbecken. Die beiden anderen sind völlig überrumpelt, und ich renne los, ohne hinzuschauen oder zu überlegen.

28

Als ich fünf war, wollte ich unbedingt Turnschuhe mit roten Blinklichtern an den Sohlen.

Ich dachte, mit solchen Schuhen könnte ich schneller laufen, weil sie so toll aussehen. Heute weiß ich natürlich, dass das Unsinn ist. Trotzdem hätte ich jetzt gern solche Schuhe.

»Da ist er!«

»Fangt ihn!«

Eine Tür knallt zu, Schritte trommeln hinter mir über die Steinfliesen. Ich renne durch die Eingangshalle und aus der Tür, dann ein paar Stufen hoch und auf den großen Spielplatz hinaus.

Das Schultor scheint kilometerweit weg zu sein.

Ich halte keine Sekunde an, stürme einfach weiter.

Es ist dunkel geworden, mein Atem macht weiße Wolken. Bei jedem Luftholen sticht es in meiner Lunge, und meine Ohren brennen. Als ich mir den Schweiß aus den Augen wischen will, tränen sie nur noch mehr. Vor mir fällt das rötliche Licht der Straßenlaternen auf das Schultor und färbt es golden.

Ich kann es schaffen! Ja, ich kann es schaffen!

Ich springe mit einem Satz über das Tor und renne die Straße entlang. Nach Hause.

Nein.

Nicht nach Hause. Ich habe vorher nicht darüber nachgedacht, aber auf einmal ist es mir ganz klar.

Zur Kirche. Ich muss zur Kirche.

Ich werfe einen Blick über die Schulter. Sie kommen näher. Mit ihren wutverzerrten Gesichtern sehen sie wie die Steinfratzen in der Kirche aus oder wie Dämonen.

Los, Liam, lauf!

Aber als ich mich wieder umdrehe und weiterrennen will, stolpere ich, rutsche aus und falle der Länge nach auf den Asphalt.

Schwarz. Ich sehe nur noch Schwarz, schwarze und graue Flecken. Sonst nichts, und ich höre auch nichts außer meinem eigenen Herzschlag und dem Rauschen in meinen Ohren.

Aber nein, das kann nicht sein.

Wenn ich das beides hören kann, dann müsste ich auch die Schritte meiner Verfolger hören.

Außer sie sind stehen geblieben.

Außer –

»Hallo, Liam.«

Das ist Matt. Ich blinzle und reibe mir die Augen, sehe aber trotzdem alles nur verschwommen.

Jemand packt mich am T-Shirt und zieht mich hoch, aber meine Füße finden keinen richtigen Halt, und meine Knie sind so schwach, dass sie einknicken. Die Hand hält mich mit eisernem Griff am Kragen.

»Wir wollen uns schon lange mal mit dir unterhalten«, knurrt Matt, und Spucketröpfchen landen in meinem Gesicht. »Stimmt's, Jungs? Mal ein bisschen mit dir *plaudern.*«

»Das war nicht so gemeint.« Meine Stimme klingt ganz fremd. »Es war doch nur eine Geschichte. Sie hat nichts zu bedeuten.«

Gelächter hallt durch die Dunkelheit.

»Habt ihr das gehört?«, sagt Matt. »›Nur eine Geschichte‹, hat er gesagt. Das hier ist auch nur eine Geschichte!«

Ich falle schon hin, bevor mich der Schmerz durchzuckt.

Ich krümme mich auf dem Asphalt und höre jemanden stöhnen – mich selbst? –, dann spüre ich nur noch das Brennen, wo mich seine Faust in den Magen getroffen hat.

»Tja, jetzt kannst du nicht mehr weglaufen, kleiner Liam.« Joe hört sich an, als ob er direkt über mir steht. »Du kannst nicht mehr abhauen. Du –« Er unterbricht sich.

Ich hebe instinktiv den Kopf, aber um mich ist immer noch alles dunkel.

Niemand hält mich mehr fest. Ich robbe ein Stückchen rückwärts. Die Stimmen der drei sind so leise geworden, dass ich nur noch verängstigtes Geflüster vernehme. Es läuft mir kalt den Rücken herunter.

Da zerreißt auf einmal ein gellender Schrei die Luft. Kommt er von einem der drei? Nein, er kommt von hoch oben, aus dem Himmel. Ein kalter Luftzug fegt über mich hinweg, donnernde Flügelschläge ertönen.

Der nächste Schrei stammt eindeutig von Matt oder einem seiner Freunde, und im nächsten Augenblick schreien alle drei: Sie schreien, rufen und heulen.

»Weg hier!«, brüllt jemand, dann höre ich sie rennen. Ich reibe mir wie wild die Augen, denn ich will ihn unbedingt sehen. Steinvogel. Ich weiß, dass er hier ist!

Als ich endlich wieder etwas erkennen kann, setze ich mich auf und schaue mich blinzelnd um. Meine Knie sind aufgeschürft und bluten, auch meine Hände sind zerkratzt. Ich lasse mich kurz wieder zurücksinken. *Gleich stehe ich auf. Aber mir tut alles so weh.*

Da fällt mein Blick auf etwas Dunkles mitten auf der Straße. Was ist das? Nein. *Wer* ist das? Matt!

Er bewegt sich nicht. Plötzlich bekomme ich keine Luft mehr. Ich sehe mich verzweifelt um, aber wir sind ganz allein.

Habe ich ihn umgebracht?

Als ich mich hochrapple und zu ihm laufe, sticht es in

meinen Rippen. Ich knie mich neben ihn und sehe ihm ins Gesicht. Aus einer roten Beule auf seiner Stirn läuft Blut. Rasch lege ich ihm zwei Finger an den Hals, so wie man es immer im Fernsehen sieht.

Bitte mach, dass er nicht tot ist.

Ich spüre einen schwachen Puls.

Er lebt noch.

Er lebt noch!

Und jetzt? Haben die beiden anderen mitbekommen, was los ist? Nein, denn sie waren es, die so gellend geschrien haben und weggerannt sind. Es muss danach passiert sein. Mein Herz hämmert wie rasend, meine Brust schmerzt bei jedem Atemzug, in meinem Kopf ist dichter Nebel, und ich kann nicht denken, kann nicht denken.

Sie bringen mich um.

Mum.

Gary.

Die Polizei.

Man wird mich verhaften und ins Gefängnis stecken.

Ich könnte es natürlich auch wie Joe und Cheesy machen und wegrennen. Ich könnte Matt einfach liegenlassen und abhauen. Niemand hat mich gesehen. Ich könnte nach Hause laufen, mir irgendeine Ausrede ausdenken und –

Als ich Matts Blut auf meiner Hand sehe, wird mein Kopf schlagartig wieder klar. Rote Rinnsale laufen ihm über die Schläfen. Nein, ich kann nicht abhauen. Ich kann es nicht so machen wie Joe und Cheesy.

Matt hat doch bestimmt ein Handy dabei. Da ist es – in seiner Jackentasche. Das Display zeigt drei verpasste Anrufe von seinem Vater an, aber ich habe nicht vor, Gary zurückzurufen, jedenfalls nicht als Erstes.

Ganz ruhig, Liam. Tief durchatmen.

Ich habe noch nie einen Krankenwagen gerufen, aber ich kenne die Nummer. Ich drücke hektisch auf den Tasten herum. Meine Brust ist wie zugeschnürt. Es klingelt zweimal, dann nimmt eine Frau ab.

»Notrufzentrale – wie kann ich Ihnen helfen?«

Matts Augenlider zucken, das Blut läuft ihm über die Wange und tropft auf die Straße. Eigentlich weiß ich, was ich sagen muss, aber ich bringe keinen Ton heraus.

»Hallo?«

»Äh … einen Krankenwagen bitte.«

»Ich verbinde. Bitte bleib kurz dran.«

»Bitte kommen Sie schnell, er … Hier ist alles voller Blut!«

»Bleib ganz ruhig und sag mir, wo du bist.«

»Auf der Straße. Er liegt auf der Straße.«

»Ich brauche eine Adresse.«

»Swanbury. An der Schule.«

»Ganz ruhig. Ist sonst noch jemand bei dir?«

»Nein, ich bin mit Matt allein.«

»Und wie heißt du?«

»Liam.«

»Hör mir gut zu, Liam. Wo blutet dein Freund?«

»Am Kopf. Sein ganzes Gesicht ist blutig und die Straße auch. Bitte machen Sie schnell.«

»Ich habe schon jemanden losgeschickt. Bleib ganz ruhig und halte nach dem Krankenwagen Ausschau. Er ist gleich da.«

»Ist gut«, sage ich, »ist gut.«

»Atmet dein Freund?«

»Ja. Soll ich ihn in die stabile Seitenlage bringen?«

»Nein, bitte beweg ihn nicht. Warte einfach auf den Krankenwagen.«

»Aber er liegt mitten auf der Straße«, wende ich ein.

»Bleib, wo du bist, Liam. Wenn du ein Auto kommen hörst, dann winkst du und hältst es an.«

»Ist gut.«

Komm! Bitte komm!

Ich spähe verzweifelt die Straße hinauf und hinunter. Kein Blaulicht. Mein Hals ist ganz trocken, und der Schein der Straßenlaternen färbt meine Atemwolken rötlich.

»Bist du noch da?«, fragt die Frau.

»Ja. Bitte beeilen Sie sich!«

»Der Krankenwagen ist schon unterwegs. Atmet Matt noch?«

»Glaub schon. Obwohl …«

Seine Brust hebt und senkt sich nicht mehr.

Ich halte ihm die Hand unter die Nase, spüre aber nichts.

»Nein!«, rufe ich panisch ins Handy, »er atmet nicht mehr!«

Die Frauenstimme wird in meinem Ohr zu einem Brausen, ich kann nichts mehr verstehen. Matt atmet nicht mehr, er stirbt, und ich bin schuld.

Ich richte mich auf und wische mir den Schweiß von der Stirn – und da sehe ich das Flackern.

Ein Blaulicht, das auf mich zukommt und heller ist als alles andere um mich herum.

»Ich sehe den Krankenwagen«, bringe ich heiser heraus.

»Jetzt wird alles gut«, sagt die Frau von der Zentrale.

»Danke.« Mir schießen plötzlich die Tränen in die Augen. »Danke.«

29

Einer der beiden Sanitäter zieht mir eine neongelbe Weste über und führt mich von der Fahrbahn, der andere beugt sich über Matt.

Ich versuche zu verstehen, was der Mann sagt, bin aber zu benommen.

Alles wird gut, rede ich mir ein.

Er wacht gleich auf.

Die beiden schieben eine Trage unter Matts Rücken und gurten ihn fest.

In diesem Augenblick vibriert meine Hand, und ich lasse vor Schreck beinahe das Telefon fallen. Ein Anruf von Matts Vater. Ich zögere kurz. Dann gebe ich mir einen Ruck, hole tief Luft und gehe ran.

»Wo bist du?«, fragt die Stimme am anderen Ende. »Warum bist du nicht längst –«

»Hier ist nicht Matt, hier ist Liam.« Ich gebe mir Mühe, mit fester Stimme zu sprechen. »Es … es hat einen Unfall gegeben. In der Nähe der Schule.«

»*Was*? Was ist passiert? Hast du den Krankenwagen gerufen?«

»Ja. Er ist schon da.«

Matt stöhnt, öffnet kurz die Augen, macht sie aber gleich wieder zu.

»Ich glaube, es geht ihm gut«, schwindle ich.

»Bin schon unterwegs!«

Nach wenigen Minuten tauchen am anderen Ende der Straße zwei helle Scheinwerfer auf. Das Auto hält an, Matts Vater springt heraus und eilt zu uns.

»Was ist passiert?«, fragt er wieder, kniet sich neben Matt und streichelt sein Gesicht. »O Gott, was ist passiert?«

Ich will antworten, bringe aber kein Wort heraus, weil ich einen Kloß im Hals habe. Gary fragt nicht noch einmal, sondern schaut Matt nur an und flüstert immer und immer wieder: »Mein Sohn, mein Sohn, mein Sohn …«

Matt bewegt sich. Er öffnet blinzelnd die Augen und holt zittrig Luft.

»Dad«, sagt er mit schwerer Zunge.

»Wer war das?«, fragt Gary. »Wie ist das passiert?«

Matts glasiger Blick wandert zu mir hinüber. *Das war's dann wohl*, denke ich, *jetzt muss ich ins Gefängnis.* Matt bewegt die Lippen. Mein Magen krampft sich zusammen, ich will nur noch wegrennen und –

»Auto«, sagt Matt.

Was?!

»Was?«, fragt auch Gary.

»Ein Auto«, wiederholt Matt. »Es war plötzlich da. Es hat mich gegen die Mauer geschleudert und ... ist weitergefahren. Um die Ecke, und dann war es weg.«

Beim Sprechen ist sein Blick auf mich gerichtet, und ich lese darin, dass er absichtlich lügt.

»Bist du sicher?« Gary schaut fragend zu mir herüber. »Hast du das Auto auch gesehen, Liam?«

»Ich weiß nicht«, erwidere ich. »Als ich gekommen bin, lag Matt schon am Boden.«

Das stimmt zwar so nicht, aber es ist auch keine richtige Lüge.

»Ich bin so froh, dass du da warst«, sagt Gary, als die Sanitäter die Türen des Krankenwagens zumachen.

Ich weiche seinem Blick aus. »Ich auch.«

»Ich rede mit den Sanitätern«, fährt er fort. »Sie müssen die Polizei verständigen, und Matt wird zu dem Vorfall befragt werden. Vielleicht wollen die Polizisten auch mit dir sprechen.« Er schaut kurz auf die Uhr und setzt hinzu: »Kommst du allein nach Hause? Hast du einen Schlüssel?«

»Kein Problem«, erwidere ich. »Ich hab's nicht weit.«

Ich gebe ihm noch Matts Handy, dann sehe ich zu, dass ich wegkomme. Ich zittere am ganzen Leib. Ich habe gar nicht gemerkt, wie kalt es ist. Schnell stecke ich die Hände in die Jackentaschen. *Die Polizei!* Was soll ich jetzt machen?

Die weiße Mondscheibe hängt niedrig am Himmel, meine Atemwolken zeichnen sich davor ab.

Dann sehe ich etwas, das mich wie angewurzelt stehen bleiben lässt.

Einen dunklen Umriss, der majestätisch durch die Luft gleitet – in Richtung Kirche.

Geh nicht hinterher! Geh nach Hause!

Aber meine Neugier siegt. Ich muss Steinvogel mit eigenen Augen sehen – muss mich vergewissern, dass es wahr ist.

Als ich zur Kirche abbiege, hämmert mein Kopf zum Zerspringen, und jedes Mal, wenn ich blinzeln muss, sehe ich wieder Matts bewusstloses, blutüberströmtes Gesicht vor mir.

Was habe ich getan?

Die Straße ist menschenleer. Der Schein der Straßenlaternen und der erleuchteten Fenster mischt sich mit dem Mondlicht und taucht die Straße in ein fremdartiges bläuliches Licht, wie aus einer anderen Welt.

Du bist so was von bescheuert, Liam. Du mit deinen bescheuerten Geschichten!

Der Friedhof vor der Kirche ist voller unheimlicher Schatten.

Als ich mir einen Weg zwischen den Grabsteinen hindurch bahne, verdränge ich den Gedanken, was da unter meinen Füßen liegt. Normalerweise habe ich im Dunkeln keine Angst, aber hier muss ich mich doch zusammenreißen.

Vor dem Eingang bleibe ich stehen und horche. Ich fürchte mich hineinzugehen. Was soll ich machen, wenn es tatsächlich der Gargoyle war, der Matt das angetan hat? Bin ich dann ein Verbrecher?

Nach einer halben Ewigkeit kann ich mich endlich überwinden, die Tür zu öffnen.

In der Kirche ist alles ruhig. Hier und da fällt ein Strahl Sternenlicht auf die Bänke und Säulen, aber es ist trotzdem so dunkel, dass ich mich zur Sakristei vortasten muss. Vor meinem inneren Auge blitzen Bilder auf. Es gelingt mir nicht, sie auszublenden. Blut, gebrochene Knochen und angstvoll aufgerissene Augen.

Mein Nacken kribbelt. Hinter mir ertönt ein Geräusch. Ich werfe einen Blick über die Schulter, aber niemand ist da.

Als ich mich wieder nach vorn umdrehe, stoße ich einen Schrei aus.

»Nein«, sage ich. »Nein, nein.«

Ich weiche stolpernd zurück.

Denn plötzlich steht er direkt vor mir.

Er bewegt sich nicht, aber er ist da.

Hoch wie ein Baum ragt er vor mir auf, und seine Augen flackern gleißend hell. Ich will wegrennen, aber als ich ihn wieder ansehe, werden meine Knie auf einmal zu Gummi.

Seine steinernen Pranken. Sie sind rot.

Von Matts Blut.

Wovon sonst?

»Nein«, sage ich wieder, aber diesmal ist es nur ein klägliches Wimmern, das von der Dunkelheit verschluckt wird.

Steinvogel rührt sich nicht von der Stelle, *aber wie kommt er auf einmal hierher, wie kommt er hierher, wie kommt er hierher?*

Warum habe ich nichts gehört und nichts gemerkt?

»Du solltest ihm nichts tun! Du solltest mich nur vor ihm beschützen.«

Matt ist ein gemeiner Kerl, aber das hat er nicht verdient. Ich gehe rückwärts, erst langsam, dann immer schneller, und lasse das steinerne Ungeheuer dabei nicht aus den Augen, denn ja – Steinvogel ist ein Ungeheuer. An seinen Pranken klebt das Blut eines Kindes.

Und ich bin an allem schuld.

30

Das Haus ist dunkel.

Das fällt mir als Erstes auf.

Wie spät ist es denn? Meine Uhr ist stehengeblieben, das Zifferblatt hat einen Sprung. Wahrscheinlich ist sie kaputtgegangen, als ich hingefallen bin. Aber der pechschwarze Himmel ist mit Sternen übersät, es muss schon spät sein. Nicht mal bei Jess brennt noch Licht.

Mum bringt mich um.

Alle paar Sekunden werfe ich einen Blick über die Schulter und rechne damit, Steinvogel zu sehen. Schließlich habe ich ihn in der Kirche auch nicht kommen hören. Aber er lässt sich nicht blicken.

Ich gehe die Auffahrt auf Zehenspitzen hoch, damit der Kies nicht knirscht, dann stehe ich auf der breiten Stufe vor der Haustür.

Ich drehe mich ein letztes Mal um. Immer noch nichts.

Vielleicht hat Steinvogel die Verfolgung ja aufgegeben. Oder er hat mich gar nicht verfolgt. Aber so, wie er plötzlich aus dem Nichts aufgetaucht ist, mit blutigen Pranken und lodernden Augen …

Ich krame meinen Schlüssel heraus. Weil es so dunkel ist, muss ich mehrere Anläufe nehmen, bis er im Schlüsselloch landet. Als ich ihn umdrehe, gibt es ein Geräusch, und auch die Tür quietscht, als ich sie öffne. *Schnauf, schnauf, schnauf.* Mein Atem kommt mir furchtbar laut vor, so wie alles andere auch. Ich überlege gerade, warum man eigentlich immer dann den meisten Krach macht, wenn man besonders leise sein will, als ich Mum auf den Fuß trete und sie einen Schrei ausstößt, den man bestimmt bis nach Frankreich hört.

»Wa–?! *Liam!*« Sie springt von dem Sessel auf, in dem sie eingeschlafen ist. »Wo warst du denn?!«

Bevor ich die Haustür hinter mir zuziehe, werfe ich einen allerletzten Blick über die Schulter.

Nichts.

»Ich war bloß –«

»Ich hab mir solche Sorgen gemacht!« Sie zieht mich an sich. Sie riecht nach Rotwein, aber ich kann nicht sehen, ob sie auch geheult hat, weil sie mich so fest umarmt, dass mein Gesicht in ihre Strickjacke gedrückt wird. »Ich habe schon gehört, was mit Matt passiert ist. Als du nicht nach Hause gekommen bist, bin ich losgegangen und habe dich gesucht, aber ich konnte dich nicht finden und … ach, Liam!«

Sie hält mich noch einen Augenblick fest, dann lässt sie mich los, und ich gehe hinter ihr her ins Wohnzimmer.

Daisy liegt schlafend auf dem Sofa, streckt alle viere von sich und macht sich so breit, als ob das ganze Sofa ihr gehört. Ab und zu zuckt sie ein bisschen und winselt leise.

Plötzlich fährt ein stechender Schmerz durch meinen Kiefer, und mir entschlüpft ein leiser Aufschrei, den ich rasch als Räuspern zu tarnen versuche.

»Bist du verletzt?«, fragt Mum erschrocken.

»Nein, nein, mir geht's gut.«

»Erzähl mir alles.« Sie setzt sich aufs Sofa. »Was ist denn nun eigentlich passiert? Warum bist du erst so spät gekommen? Gary meinte, er hat dich gleich losgeschickt. Bist du … Bist du sauer auf mich?«

»Ich? Wieso das denn?«

»Na ja, wegen Grandma zum Beispiel. Es ist bestimmt schwer für dich, sie in diesem Zustand zu erleben. Wer könnte das besser verstehen als ich? Aber du weißt hoffentlich, dass du jederzeit mit mir darüber reden kannst.«

»Es hat nichts mit Grandma zu tun.«

Das stimmt zwar nicht ganz, aber die Wahrheit kann ich ihr nicht sagen.

Die Wahrheit ist nämlich, dass ich mit Mrs Culpeppers verzaubertem Ei in der Hand eine Geschichte erzählt habe, und dass der Gargoyle daraufhin zum Leben erwacht ist und Matt angefallen hat. Er hat ihn so übel zugerichtet, dass Matt im Krankenhaus gelandet ist, und jetzt klebt Blut an seinen Pranken. Und wenn an Steinvogels Pranken Blut klebt, dann klebt es auch an meinen Händen.

Dann ist kein Unterschied zwischen ihm und mir.

Das muss aufhören. Keine Geschichten mehr, kein Steinvogel mehr.

»Was hast du denn?«, fragt Mum. »Warum machst du so ein grimmiges Gesicht?«

»Ist schon gut. Ich bin so spät gekommen, weil ich noch ein bisschen frische Luft brauchte. Tut mir leid, dass ich nicht Bescheid gesagt habe.«

Sie glaubt mir nicht, das sehe ich ihr an, als ihre Augen jetzt feucht werden. Ihre Unterlippe zittert, dann laufen ihr lautlos die Tränen über die Wangen. Ich umarme sie rasch wieder, und sie umarmt mich auch, und so bleiben wir eine ganze Weile sitzen, ohne zu reden.

Nur Daisy wedelt im Traum mit dem Schwanz – *Klopf, klopf, klopf, klopf.*

Es dauert nicht lange, dann ist Mum wieder eingeschlafen.

»Gute Nacht«, sage ich leise.

An der Treppe fällt es mir endlich ein.

Claire.

Wieso mir der Name so bekannt vorkommt. Wieso der 16. Januar so ein wichtiges Datum ist.

Weil ich ihren Grabstein gesehen habe, als ich Jess mit

Daisy zur Kirche gefolgt bin. Wenn ich mich noch einmal vergewissern will, bleibt mir nichts anderes übrig, als …

Mum schläft immer noch. Ich schleiche mich zur Haustür hinaus, ziehe die Tür geräuschlos hinter mir zu, und laufe los, bis ich auf dem Friedhof stehe.

Um mich herum ist es stockfinster. *Du brauchst keine Angst zu haben*, rede ich mir gut zu, aber jedes Mal, wenn sich irgendwo etwas bewegt, fahre ich zusammen.

Bei dieser Dunkelheit sind die Inschriften auf den Grabsteinen schwer zu erkennen, aber die Namen kann ich einigermaßen entziffern.

Ryan Brooks.

Sophie Reynolds.

Und dann:

CLAIRE SMITH

Viel zu früh

12. September 1928 – 16. Januar 1941

Als ich es zum zweiten Mal lese, wird mir ganz anders. Bis jetzt war ich davon ausgegangen, dass an den Spukgeschichten über die Kirche nichts dran ist. Trotzdem ist es irgendwie unheimlich, dass Claire Smith hier begraben liegt. Und das Grandma ausgerechnet den Tag aus ihrem Tagebuch herausgerissen hat, an dem die Mitschülerin, die sie tyrannisiert hat, gestorben ist.

31

Am nächsten Tag kommt Matt nicht zur Schule.

Beim Hinsetzen schiele ich zu seinem Tisch hinüber, aber sein Platz ist leer.

Als ich mich zu Cheesy und Joe umdrehe, ernte ich finstere Blicke.

»Ey!«, zischeln sie. »Wir haben gehört, was passiert ist!«

Ich schiele zu Mrs Culpepper hinüber, aber die ist damit beschäftigt, das Whiteboard abzuwischen. Die anderen Schüler tun so, als ob sie arbeiten, aber ich spüre, dass sie mithören. *Sie wissen über Steinvogel Bescheid.* In der Schule verbreiten sich Gerüchte schneller, als ein Fisch wegflitzt, wenn man ans Aquarium klopft. Hier kann man nichts geheim halten. Wenn Cheesy und Joe die Wahrheit kennen, weiß es im Nu die ganze Klasse. Um mich abzulenken, schlage ich mein Heft auf und kritzle darin herum, aber dabei fällt mein Blick auf meine Liste. Der dritte und letzte Punkt lautet: *Dafür sorgen, dass mich Matt nie mehr tyrannisiert.* Damit hatte ich nicht gemeint, dass ihm etwas Schlimmes zustoßen soll, aber als ich es jetzt noch mal lese, wird mir ganz schlecht.

»Du bist schuld, dass ihn das Auto angefahren hat!«, zischelt Cheesy.

Das Auto?

Ich hatte also recht. Die beiden sind weggerannt, *bevor* sich Steinvogel auf Matt gestürzt hat.

Ich spüre ihre Blicke im Nacken. Am liebsten würde ich mich ganz klein machen und unter den Tisch verkriechen, auch wenn sie das bestimmt nur noch anstacheln würde – aber ich muss mich endlich wehren, sonst hört das nie auf.

»Wir machen dich fertig!«, zischelt Joe.

»Nein«, zischle ich zurück.

»Hä?«

»Nein.« Ich drehe mich zu den beiden um. »Ich bin nicht schuld. Ihr seid selbst schuld, weil ihr euch von einer albernen Geschichte Angst einjagen lasst. Weil ihr einfach abgehauen seid und euren Freund im Stich gelassen habt.«

Die Augen fallen ihnen fast aus den knallroten Gesichtern, aber ich selbst bin am meisten überrascht. Habe ich das wirklich gesagt?

Weil mir sonst nichts mehr einfällt, drehe ich mich rasch wieder nach vorn. Die beiden brauchen nicht mitzubekommen, dass ich zittere.

»Spinnst du?« Joe springt auf und stößt seinen Stuhl zurück.

Mrs Culpepper hört den Lärm und dreht sich um. »Was ist da los?«

»Nichts.« Schwer atmend setzt er sich wieder hin.

Was soll er auch sagen? Cheesy und Joe können gar nichts sagen, weil ich nämlich recht habe. Gut, ich bin vielleicht schuld, dass Steinvogel über Matt hergefallen ist – andererseits sind *sie* davon überzeugt, dass er von einem Auto angefahren wurde. Und wenn wir alle drei auf dieser Lüge bestehen, sind wir alle drei gleich schuld.

Mrs Culpepper schreibt den heutigen Stundenplan an. Er sieht so aus:

9.30 Uhr – Mathe
10.30 Uhr – Englisch
11.30 Uhr – Erdkunde
13.30 Uhr – Musik
14.30 Uhr – Geschichte

Ein Mädchen in der vordersten Reihe hebt die Hand. »Ja bitte, Himali?«

»Sie haben den Erzählkreis weggelassen.«

»Stimmt«, sagt Mrs Culpepper.

»Erzählen wir heute keine Geschichten?«

»Nein, heute nicht. Wir machen mal eine Weile Pause.«

Alle murren. Keine Geschichten mehr. Ich schaue weg

und bin froh, dass sie den wahren Grund nicht kennen. Mrs Culpepper sieht mich kurz an, dann wendet sie sich wieder dem Whiteboard zu.

Sie weiß Bescheid.

32

Nach der Schule fahren wir zu Grandma.

Als die Pflegerin uns ankündigt, macht Grandma die Augen kurz auf und dann gleich wieder zu.

»In letzter Zeit ist sie immer sehr müde«, sagt Mum.

Jess legt Mum den Arm um die Schulter, und ich gehe zum Bett und betrachte Grandma. Das hellblaue Nachthemd sieht an ihr riesig aus, die faltigen weißen Arme ragen wie Knochen aus den viel zu weiten Ärmeln.

»Hallo, Grandma«, sage ich, aber sie reagiert nicht.

Man hört sie kaum atmen.

Als sie neulich geschrien hat: »Ich bring dich um!«, konnte ich mir leicht einreden, dass nur der Dämon aus ihr gesprochen hat. Aber Claire Smith ist am 16. Januar gestorben, und Grandma hat den Eintrag für dieses Datum aus ihrem Tagebuch herausgerissen. Warum hätte sie das machen sollen, wenn sie nichts mit Claires Tod zu tun hat?

Als ich merke, dass ich sie misstrauisch mustere, wende ich mich rasch ab und sehe mich im Zimmer um.

Auf dem Nachttisch stehen drei Fotos. Das erste zeigt

Grandma und Grandpa im Urlaub auf Hawaii. Sie tragen gelbe und rosa Blumenkränze um den Hals und strahlen übers ganze Gesicht. Man sieht sofort, dass sie rundum glücklich sind. Es kommt nicht oft vor, dass man jemanden so strahlen sieht. Im Fernsehen und im Kino lächeln viele Leute, aber ihre Augen bleiben dabei gleichgültig. Von den Tausenden Fotos, die ich in meinem Leben schon gesehen habe, zeigt nur eine Handvoll so ein rundum glückliches Strahlen.

Das zweite Bild ist ein Foto von Mum mit einem Baby auf dem Arm. Sie ist blass und hat Ringe unter den Augen, aber auch sie sieht glücklich aus. Das Baby bin ich.

Auf dem dritten Bild sieht man Jess mit ihrem typischen breiten Grinsen, bei dem sie die Zähne bleckt wie ein Affe.

Drei Fotos, und alle drei so voller Glück – und das in einem Zimmer, das kahl, farblos und abgesehen von unserer winzigen Grandma so gut wie leer ist.

»Macht nichts«, sagt Mum hinter mir. »Wir kommen einfach ein andermal wieder.«

Aber ich rühre mich nicht von der Stelle. Ich will endlich wissen, ob Grandma diese Claire umgebracht hat.

Grandma wendet den Kopf und schaut zu mir hoch. Komischerweise sind die Augen das Einzige, das im Alter nicht hässlich und runzlig wird. Grandmas Augen leuchten wie blank geputzt. Wie glänzende Murmeln, blau wie ein Sommerhimmel. Trotzdem merkt man ihnen an, dass es alte Augen sind. Man spürt einfach, dass diese Augen schon viel gesehen haben.

»Wie geht's dir, Schätzchen?« Grandmas Stimme ist so brüchig, dass es sich anhört, als ginge jedes Wort am Stock.

»Gut«, schwindle ich.

»Du siehst aus, als wärst du meilenweit weg.« Sie kichert in sich hinein. Die Worte kommen nur mühsam heraus, aber ihr Blick ist hellwach. »Das hat meine Mutter immer zu mir gesagt, wenn wir im Sommer am Strand in Whitley Bay spazieren gegangen sind und ich auf die Wellen und die Gischt hinausgeschaut habe. Auf das unendliche Blau.«

Mit klopfendem Herzen drehe ich mich zu Mum um. Auch Jess sieht überrascht aus. *Vielleicht erholt sich Grandma ja doch!* Aber Mum schüttelt nur den Kopf und schenkt mir ein trauriges, schiefes Lächeln, als wüsste sie genau, was ich denke, und wollte mich bloß nicht entmutigen. Dann blickt sie wieder zum Bett.

Grandma drückt jetzt das Kinn auf die Brust, hat die Zähne in den Ausschnitt ihres Nachthemds gegraben und kaut darauf herum. Von einer Sekunde zur anderen ist sie ein total anderer Mensch.

Als sie merkt, dass ich sie anschaue, sagt sie wieder:

»Hallo, Schätzchen«, als wäre es das Normalste auf der Welt, seine Kleidung zu zerkauen. »Du siehst aus, als wärst du meilenweit weg.«

Sie lässt den Kopf aufs Kissen sinken und kichert in sich hinein.

»Das hat meine Mutter immer zu mir gesagt, als ich ein junges Mädchen war. ›Du siehst aus, als wärst du meilenweit weg‹, hat sie immer gesagt.«

Ich trete einen Schritt zurück. Ich kann sie nicht danach fragen. Nicht jetzt. Nicht, wenn sie so ist.

Eine Hand legt sich auf meine Schulter, und Mum lächelt mich wieder schief an.

»Hallo!«, sagt sie dann gezwungen fröhlich zu Grandma. »Wir sind's! Sue, Jess und Liam.«

Grandma zuckt zusammen und runzelt die Stirn. Ihr Blick wandert über unsere Gesichter, dann macht es *Klick!*, und sie strahlt, allerdings sieht es eher wie eine Grimasse aus.

»Das ist aber schön!«, sagt sie.

Danach döst sie immer wieder weg, und wenn sie redet, sind es nur unzusammenhängende Fetzen.

Zum Beispiel: »Wo ist es geblieben?«

Oder: »Ich habe mich gut um sie gekümmert, stimmt's?«

Oder: »Was machen wir eigentlich hier, Arthur?«

Und wenn man dann nachfragt, hat sie schon wieder vergessen, was sie gerade gesagt hat.

Als sie zum vierten Mal einschläft, tippt mir Mum auf die Schulter und meint, dass wir jetzt besser gehen. Ich verlasse das Zimmer als Letzter, weil ich noch einen Augenblick am Bett stehen bleibe und versuche, das Ganze zu begreifen.

Wo kommt der Dämon überhaupt her? Wie entscheidet er, was er frisst? Und warum erinnert sich Grandma oft so deutlich an früher, wogegen alles, was jetzt passiert, im Handumdrehen wieder weg ist? So ähnlich, wie wenn man im Zug sitzt und an jemandem vorbeifährt. Du siehst ihn, er sieht dich, und du denkst kurz über ihn nach – und dann ist er vorbeigesaust und wieder aus deinem Leben verschwunden.

Auf dem Rückweg durch den Flur bleibt mein Blick an einem Türschild hängen.

»Isabelle Higgins« steht darauf.

Mum und Jess sind schon fast am Ausgang, aber der Name sagt mir irgendwas, und ich bleibe stehen.

Die Tür steht halb offen. Das Zimmer ist genauso eingerichtet wie das von Grandma. Sogar das Fenster ist das Gleiche, bloß dass es nicht auf den Garten hinausgeht, sondern auf den Parkplatz.

Die Frau im Bett ist aber viel jünger als die anderen Heimbewohner. Sie hat lange blonde Haare, rosige, faltenfreie Haut und rot lackierte Fingernägel. Überall im Zimmer stehen Blumensträuße, an den Wänden hängen bunte Bilder, und der Fernseher läuft. Das Zimmer ist richtig lebendig.

Aber die Frau liegt einfach nur da. Ihre Augen sind offen, aber sie starrt an die Decke und bewegt sich kaum. Und –

Aber das kann nicht sein.

Das Foto bei Matt in der Diele. Es könnte die gleiche Frau sein, nur ein bisschen älter.

Ich trete ein Stückchen näher. Die Frau führt flüsternd Selbstgespräche.

Ich halte das Ohr an den Türspalt. Dabei schlägt mir das Herz bis zum Hals. Was ich da mache, gehört sich nicht.

»Liam!«, ruft Jess.

Mum und Jess stehen am Ausgang und warten auf mich.

Erst als ich schon im Auto sitze und wir nach Hause fahren, fällt mir ein, dass Matt ja mit Nachnamen Higgins heißt.

33

Es vergeht über eine Woche, bis Matt wiederkommt.

Er spaziert mitten am Vormittag einfach ins Klassenzimmer, als wir gerade wieder über den Zweiten Weltkrieg sprechen. Am Whiteboard sind lauter coole Zeichnungen von Flugzeugen aufgehängt, unter die Mrs Culpepper die Namen der jeweiligen Typen geschrieben hat.

Als die Tür aufgeht, drehen sich alle um. Matts Arm ist eingegipst und liegt in einer Schlinge. Ich warte mit angehaltenem Atem darauf, dass er etwas sagt, aber er geht einfach nur zu seinem Platz und setzt sich.

»Schön, dass du wieder da bist, Matt«, sagt Mrs Culpepper. »Ich freue mich, dass es dir bessergeht.«

Nach der Mittagspause verkündet sie, dass wir heute wieder einen Erzählkreis machen. Dabei sieht sie mich an, und in ihrem Blick liegt eine Warnung.

Als sie das verzauberte Ei aus der Schreibtischschublade holt, gerät die ganze Klasse in Aufruhr. Alle springen auf, schieben hastig die Stühle an die Tische und sitzen schon auf dem Boden, bevor sie uns dazu auffordert.

Ich setze mich als Letzter hin. Heute kann ich auf

keinen Fall wieder eine Geschichte über Steinvogel erzählen, denn schließlich habe ich mir geschworen, damit aufzuhören. Aber worüber soll ich stattdessen reden?

Mrs Culpepper nimmt im Schneidersitz in unserer Mitte Platz, gibt das Ei aber diesmal nicht einem Schüler, sondern legt es in ihre Handfläche und hält es sich vors Gesicht. Sie spricht erst, als es ganz still geworden ist.

»Ich habe mir überlegt, dass ich heute mal mitmache«, sagt sie. »Es ist schon eine Weile her, dass ich zuletzt eine Geschichte erzählt habe.«

Ihr Blick wandert von einem zum anderen. Auf mir verweilt er am längsten.

»Ich möchte euch ein Geheimnis anvertrauen«, fährt sie fort. »Als ich mich bei der Direktorin eurer Schule um die Stelle beworben habe, wollte sie wissen, was meine größte Schwäche ist. Eine knifflige Frage, oder? Man soll freiwillig zugeben, worin man nicht gut ist. Aber mir ist die Antwort leichtgefallen. Meine größte Schwäche ist meine Mutter. Ich habe sie sehr lieb und würde alles für sie tun.«

Sie lässt das Ei von einer Hand in die andere gleiten und streicht mit dem Daumen darüber.

Dann blickt sie auf. Nein, sie blickt *mich* an.

»Mrs Willis hat mich auch gefragt, warum ich so weit weg von Schottland, wo ich herkomme, eine Stelle suche. ›Ich gehe dorthin, wo man mich braucht‹, habe ich geantwortet, und ich konnte euch hoffentlich ein bisschen nützlich sein, auch wenn ich in einigen Fällen sicher noch mehr hätte tun können.«

Warum sieht sie dabei die ganze Zeit mich *an?* Ich senke den Blick und zupfe an meinem Pulloverärmel herum, und als ich das nächste Mal zu ihr hinüberschiele, betrachtet sie konzentriert die blauen Äderchen im Stein.

»Vielleicht kann ich nicht mehr lange hierbleiben«, spricht sie weiter. »Meiner Mutter geht es nicht gut. Die Ärzte dachten, dass sie sich vielleicht wieder erholt, aber es sieht leider nicht so aus.«

Hände recken sich in die Luft, alle rufen durcheinander.

»Nein!«

»Sie dürfen nicht weggehen!«

»Sie sind die beste Lehrerin der ganzen Schule!«

Mrs Culpepper hält das Ei in die Höhe und klopft mit dem Zeigefinger darauf, um uns an die oberste Regel zu erinnern: Nur derjenige, der das Ei hat, darf reden. Es wird wieder still. Sie lächelt bekümmert.

»Vielen Dank. Wer weiß, vielleicht kommt es ja gar nicht dazu, aber ich wollte, dass ihr im Fall der Fälle nicht überrascht seid. Und wenn ich euch verlassen muss, nehme ich das hier mit.« Sie hebt das Ei wieder hoch und blickt mich darüber hinweg an. »Also nutzt die Gelegenheit, so lange ihr noch könnt.«

Hä?

Warum sieht sie mich so an? Was meint sie mit »nutzt die Gelegenheit«? Was soll ich gleich erzählen?

Dann macht das Ei die Runde. Die anderen erzählen Geschichten über ihre Lieblingsflugzeuge und darüber, was sie letzte Nacht geträumt haben. Alles hängt irgendwie mit Mrs Culpepper und ihrem Unterricht zusammen.

Schließlich bin ich an der Reihe. Mein Nebenmann drückt mir das Ei in die Hand, und ich spüre, wie warm es ist, aber mein Mund ist ganz ausgetrocknet, und mir bleibt die Stimme weg.

Eigentlich finde ich Geschichten toll und denke mir ständig irgendwelche Personen mit komischen Namen aus. Bloß heute nicht. Heute herrscht in meinem Kopf gähnende Leere.

Ich sitze eine volle Minute mit dem Ei in der Hand da, aber mir fällt beim besten Willen nichts ein.

»Geht's dir nicht gut, Liam?«, fragt Mrs Culpepper.

»Doch, doch.« Aber ich sehe sie dabei nicht an.

Meine Handflächen sind schweißnass, das Ei ist auf einmal schwer wie Blei. Ich spüre, wie mich sämtliche Blicke durchbohren.

Sag doch einfach irgendwas.

Meine Knöchel sind weiß, und meine Hände zittern. Ich würde gern eine Geschichte erzählen, die alles wieder in Ordnung bringt, aber mir fällt keine ein.

Ich habe nichts zu sagen.

Nichts, das irgendetwas ungeschehen machen könnte.

Grandma verschimmelt im Pflegeheim und wird wahrscheinlich bald sterben, und ich bin schuld, dass Matt ins Krankenhaus musste. Wenn ich nur daran denke, fühlt sich mein Magen an, als ob hundert Aale darin rumglitschen. Was könnten Worte da noch ausrichten?

Das Ei fällt mir aus der Hand und rollt über den Teppich.

Bis jetzt haben die Geschichten immer bewirkt, dass ich mir wie ein Superheld vorgekommen bin. Mit Steinvogel als Freund gab es nichts, das mich aufhalten konnte. Aber ich darf nicht mehr an ihn denken. Ich muss ihn aus meinem Leben verbannen, sonst lasse ich mich wieder hinreißen, und es passiert noch etwas Schlimmes.

Aber ohne ihn bin ich leer.

Ohne ihn kann ich gar nichts mehr ausrichten.

Zu Hause gehe ich sofort in mein Zimmer.

In meinem Kopf dröhnt es.

Mrs Culpepper verlässt uns vielleicht. Ich hatte noch nie eine Lehrerin wie sie. Sie ist supernett, und man kann richtig gut mit ihr reden. Bei ihr wird der langweiligste Unterrichtsstoff spannend, weil sie selbst so begeistert davon ist. Was soll aus dem Erzählkreis werden, wenn sie nach Schottland zurückgeht?

Sie darf nicht weggehen. Ich brauche sie.

Und Grandma. Inzwischen bin ich überzeugt, dass sie Claire umgebracht hat. Aber darf ich sie dafür verurteilen? Ich hätte ja selbst beinahe Matt umgebracht.

Als Mrs Culpepper gesagt hat, dass Gargoyles auch gefährlich werden können, wollte sie mich warnen.

Aber ich dachte, ich hätte Steinvogel im Griff. Ich dachte, er würde mir gehorchen. Das war ein Irrtum. Sobald die Worte meinen Mund verlassen, gehören sie nicht mehr mir, sondern ihm, und er kann damit machen, was er will.

Claire Smith. Viel zu früh.

Das Tagebuch liegt immer noch unter meinem Bett, aber ich schlage es nicht auf, sondern greife zum Handy. Weil ich jetzt ihren Nachnamen kenne, kann ich *Claire Smith Swanbury 1941* googeln. Warum hat es bloß so lange gedauert, bis ich darauf gekommen bin?

Auf der Webseite des *Swanbury-Boten* finde ich etwas. Es ist ein eingescannter Zeitungsartikel in altmodischer Schrift.

**KIRCHENDACH STÜRZT EIN –
MÄDCHEN ERSCHLAGEN**

Die dreizehnjährige Tochter einer Familie aus Swanbury wurde unter dem einstürzenden Dach der hiesigen Kirche begraben.

Die Kirche!

Deswegen ist sie eine Ruine!

Und wenn Claire dort drin gestorben ist, dann …

Steinvogel. Anders kann es nicht sein. Grandma hat ihm befohlen, Claire zu töten.

34

Am nächsten Morgen frühstücke ich schweigend. Bei jedem Blinzeln sehe ich Grandma in der eingestürzten Kirche vor Claires Leiche stehen. Mum räumt den Geschirrspüler aus, und Jess nimmt mich kaum zur Kenntnis.

»Was ist denn mit euch beiden los?«, fragt Mum irgendwann.

»Nichts«, brummelt Jess.

Mum schaut zwischen uns hin und her. »Eben!«, sagt sie dann, seufzt und setzt sich zu uns. »Ich weiß ja, dass in letzter Zeit … na ja, dass nicht alles glatt läuft. Aber ihr dürft nie vergessen, dass ich euch beide sehr lieb habe. Du warst so tapfer, als Matt letzte Woche den Unfall hatte, Liam. Und Jess, dein Klassenlehrer hat mir erzählt, dass du prima mitarbeitest. Ich bin sehr stolz auf euch beide.«

Ich lächle ihr ein *Danke!* zu, auch wenn mir klar ist, dass sie überhaupt nicht stolz auf mich wäre, wenn sie die Wahrheit wüsste. Sie gibt sich Mühe, unseretwegen fröhlich und stark zu sein. Die letzte Rotweinzeit ist schon über eine Woche her. Ich spreche ein stummes Stoßgebet, dass es so bleibt, selbst wenn es Grandma noch schlechter gehen sollte.

Jess schaut immer noch nicht hoch. Sie tippt in ihr Handy.

»Ach ja, Jess«, setzt Mum hinzu, »willst du Ben nicht mal fragen, ob er Lust hat, heute mit uns zu Abend zu essen?«

Jetzt lächelt Jess endlich.

Sonst essen wir immer im Wohnzimmer, aber heute hat Mum ausnahmsweise im Esszimmer gedeckt. Sie hat Daisy in die Kammer gesperrt, und wir dürfen sie erst wieder rauslassen, wenn alle aufgegessen haben. Daisy springt in der Kammer auf und ab, damit sie durch die Scheibe in der Tür gucken kann. Dabei flattern ihre Ohren wie kleine Flügel. Der Essensgeruch macht sie wahnsinnig.

»Wie spät ist es?«, fragt Jess, dabei hängt über dem Kühlschrank eine Uhr.

»Kurz vor sechs«, antworte ich.

»Wo bleibt er denn bloß?«

Seit einer halben Stunde ist wieder Rotweinzeit, und Mum ist schon in Phase zwei.

Ich habe nämlich rausgefunden, dass es insgesamt vier Phasen gibt:

– ein Glas = Summen
– zwei Gläser = Singen

- drei Gläser = Wörter verwechseln
- vier Gläser = Weinen

Hoffentlich kommt sie heute Abend höchstens bis Phase drei.

Es klingelt. Mum hat gerade das Hühnchen in die Pfanne gelegt, und Jess springt auf und rennt nach draußen. Dann hört man Ben irgendwas sagen, Jess erwidert: »Du siehst echt gut aus«, und beide kommen in die Küche. Ich muss mir das Lachen verkneifen, denn Ben trägt Hemd und Krawatte. Sein Jackett ist ihm viel zu groß, so dass nur die Fingerspitzen aus den Ärmeln rausgucken.

»Guten Abend, Mrs Williams«, sagt er.

»Hallo, Ben.« Mum schmunzelt und dreht sich wieder zum Herd um. »Geht doch schon mal nach drüben und setzt euch hin. Ich bin gleich so weit.«

»Na, Liam, alles gut?«, sagt Ben auf dem Weg ins Esszimmer zu mir.

»Klar«, gebe ich zurück.

Ich schneide Jess eine Grimasse und ernte einen bitterbösen Blick, der bedeutet: *Wehe, du sagst was!*, darum halte ich die Klappe. Ben scheint wirklich nett zu sein, und ich wünsche den beiden, dass alles gut läuft.

Jess setzt sich neben Ben und raunt ihm zu: »Hast du dir nach der Schule noch mal die Haare gewaschen?«

»Kann schon sein«, sagt er.

Sie knufft ihn spielerisch und sieht dann mich an. »Wie war's in der Schule?«

»Gut.«

In der Küche summt Mum eine ausgedachte Melodie, immer lauter, bis sie das Brutzeln des Hühnchens übertönt.

»Jetzt kann's losgehen, Kiddies!«, verkündet sie dann, bringt immer zwei Teller auf einmal herein und setzt sich neben mich. Als sie das Rotweinglas vor sich hinstellt, schwappt der halbe Inhalt über den Tisch. »Hoppla!«, sagt sie kichernd, steht auf und geht eine Rolle Küchenpapier holen.

»'tschuldigung«, flüstert Jess, aber Ben schüttelt nur den Kopf. *Macht doch nichts.*

Als Mum zurückkommt, herrscht Schweigen. Jess schaut auf ihren Teller, Ben schaut Jess an, und Mum schaut mit glasigem Blick und breitem Lächeln in die Runde. Ich kenne dieses Lächeln von unserem ersten Besuch bei Grandma im Pflegeheim. »Alles in Ordnung?«, habe ich damals gefragt, und sie hat »Na klar!« geantwortet und genauso gelächelt. Ich habe »Ehrlich?« gefragt und sie hat wieder »Na klar!« geantwortet, aber dann wurde das Lächeln ganz schief, und die Tränen sind ihr übers Gesicht gelaufen.

Sie tut alles, damit wir glauben, dass sie glücklich ist. Singen, Summen und uns »Kiddies« nennen. Wie in einem Schulbuch, in dem der Begriff »glücklich« erklärt wird.

Aber irgendetwas stimmt nicht. Sie übertreibt. Was in mir den Verdacht weckt, dass sie gar nicht glücklich ist.

»Das sieht super aus«, sage ich rasch, denn vielleicht macht sie *das* ja richtig glücklich. Dann fange ich an zu essen, obwohl das Hühnchen noch so heiß ist, dass es mir den Gaumen verbrennt.

»Stimmt, das sieht toll aus«, sagt jetzt auch Ben.

»Vielen Dank«, erwidert Mum.

Danach ist es wieder eine ganze Weile still, bis Ben von seinem Teller aufblickt und sagt: »Das muss schwer sein.«

Und Mum fragt: »Was denn?«

Und Ben antwortet: »Na ja, dass Ihre Mutter im Pflegeheim ist. Das ist bestimmt nicht leicht für Sie.«

Jess und ich wechseln einen Blick. Wir denken das Gleiche.

»Allerdings«, gibt Mum zurück. »Früher konnte man sich so gut mit ihr unterhalten.«

»Meine Oma ist echt lustig. Sie schimpft immer mit dem Fernseher, als ob die Leute da drin sie hören könnten. Man weiß nie, was ihr als Nächstes einfällt.«

Ich lege die Gabel weg, damit ich besser zuhören kann, aber ich denke nur: *Nein nein nein!*

Auf Mums Gesicht erscheint wieder das schiefe Lächeln. »Ich würde alles dafür geben, mich mal wieder richtig mit meiner Mutter zu unterhalten, und wenn es nur ein paar Minuten wären. Aber manchmal …« Sie kneift die Augen zu und kippt den Rest Wein auf einen Zug herunter. Als sie die Augen wieder aufmacht, beendet sie den Satz: »Manchmal denke ich, es wäre besser, wenn sie tot wäre.«

Die Stille ist dröhnend laut. Mum sieht selbst überrascht aus. Ich versuche ihr mit meinen Blick zu sagen: *Themawechsel!*, aber es klappt nicht.

»Tut mir leid«, sagt sie. »Ich habe einen anstrengenden Tag hinter mir.«

Es sieht aus, als wollte sie noch weiterreden, doch sie verstummt. Tränen blinken in ihren Augenwinkeln. Sie lächelt uns wieder an, aber ihre Lippen zittern, und dann laufen ihr die Tränen übers Gesicht und tropfen auf den Tisch.

»Was ist denn?«, frage ich. »Geht es Grandma heute nicht gut?«

»Nein«, antwortet Mum mit belegter Stimme. »Sie hat kaum die Augen aufbekommen. Sie hat die ganze Zeit Schmerzen und ist dünn wie ein Faden. Ich glaube, wir müssen uns darauf gefasst machen, dass sie nicht mehr lange bei uns sein wird.«

Sie gießt ihr Glas wieder voll.

Alle schauen weg, auf den Tisch, auf die Wände oder auf den Fußboden.

Das Essen ist immer noch viel zu heiß, aber ich schlinge es hinunter, weil ich dann niemanden ansehen muss.

Nein, dieses Abendessen läuft überhaupt nicht gut.

35

»Bitte … hört … mir zu!« Mum kippt sich Wein über die Bluse, als sie sich aufrecht hinsetzen will. »Bitte … geht zu … zu …« Sie steht schwankend auf, dabei muss sie sich am Sofatisch festhalten. Dann streckt sie die Hand nach meiner Schulter aus, weil sie mich umarmen will, aber stattdessen rutscht sie aus und fällt hin.

»Mum!« Ich ziehe sie hoch und helfe ihr, sich aufs Sofa zu legen.

»Ach, Liam … Es tut mir so leid … das alles tut mir …«

Sie spricht stockend, und gleichzeitig überschlagen sich die Wörter.

Die Weinflasche auf dem Tisch ist leer, die auf dem Fußboden noch zur Hälfte mit dunkelroter Flüssigkeit gefüllt. Mums Augenlider flattern und fallen zu, dann reißt sie die Augen wieder auf und greift noch einmal nach mir.

Dunkle Wimperntuschebäche ziehen sich über ihre Wangen. Auf dem Tisch liegen Papiertaschentücher. Ich nehme mir eins und tupfe ihr damit das Gesicht ab. Erst wehrt sie sich, dann lässt sie es mit geschlossenen Augen über sich ergehen und flüstert dabei irgendwas Unverständliches vor sich hin.

Jess und Ben tauchen in der Tür auf.

»Bist du sicher, dass alles okay ist?«, fragt Ben.

»Ihr geht's gut«, gibt Jess zurück und sieht mich an. »Wir gehen noch ein bisschen raus. Bis später.«

Und schon sind sie weg und lassen mich mit Mum allein. Dabei lief das Essen zu Anfang eigentlich gar nicht so schlecht. Ich glaube, es tat Mum sogar ganz gut, über Grandma zu sprechen, aber sie hat dabei die ganze Weinflasche ausgetrunken und noch eine zweite aufgemacht. Inzwischen ist sie weit über Phase vier hinaus und vermutlich schon in Phase fünf – das habe ich noch nie erlebt.

Daisy kommt mit eingeklemmtem Schwanz angetappt und beschnuppert Mums Hand. Dann sieht sie mich an, und weil ich in ihren Augen lese, dass sie sich Sorgen macht, kraule ich ihr den Kopf und rede so lange beruhigend auf sie ein, bis sie sich hinlegt.

»Liam«, sagt Mum jammernd und mit immer noch geschlossenen Augen. Sie wälzt sich hin und her, ächzt und jammert wieder meinen Namen.

»Mum?« Ich rüttle sie an der Schulter. »Geht's dir nicht gut, Mum?«

Keine Reaktion. Ich rüttle sie noch einmal. »Mum!«, sage ich laut. Aber sie liegt wie ein Stein auf dem Sofa und macht die Augen nicht auf. »Hörst du mich, Mum?«

Es ist so totenstill, dass ich mein Herz rasen höre. *Warum? Warum muss das passieren? Warum machst du das?* Wut steigt in mir auf, Wut auf Jess, weil sie mich hier allein lässt. Wie kann sie so unbeteiligt sein? *Wach auf, Mum!*

Ihr Mund steht halb offen, als sei sie mitten im Gähnen eingeschlafen, aber immerhin atmet sie noch. Ihre Schultern heben und senken sich träge und regelmäßig. Mit zitternden Fingern schiebe ich ihr eines Augenlid hoch. Der Augapfel starrt nach oben und zuckt hin und her.

Ich ziehe die Hand sofort zurück. *Warum, warum, warum?*

Mum lässt ihren Laptop immer unter dem Sofatisch liegen. Ich mache ihn an, rufe Google auf und tippe: *Was macht man, wenn jemand richtig betrunken ist?* Folgende Liste erscheint:

– Sorgen Sie dafür, dass der Betreffende nicht einschläft.
– Bleiben Sie bei ihm, bis Hilfe eintrifft.
– Wenn der Betreffende doch einschlafen sollte, drehen Sie ihn auf die Seite, damit er nicht an seinem Erbrochenen ersticken kann.
– Sprechen Sie ihn immer wieder an und vergewissern sich, dass er noch reagiert.

Eingeschlafen ist Mum leider schon, aber immerhin bin ich bei ihr. Punkt zwei bedeutet, dass ich Hilfe holen muss. Superman mit seinem Supergehör hätte bestimmt längst mitgekriegt, was hier los ist, und würde sofort herfliegen, aber leider ist er nur eine erfundene Figur, was bedeutet, dass ich jemand anderen verständigen muss.

Die Notrufzentrale.

Mit der habe ich schon wegen Matt telefoniert, aber man darf nur bei richtigen Notfällen dort anrufen, und ich bin nicht sicher, ob das hier einer ist. Aber wen soll ich sonst anrufen? Das Telefon steht hinten in der Ecke, daneben liegt ein kleines Adressbuch. Ich schlage es auf.

Als Erstes ist Tante Anne eingetragen. Nie gehört. Wenn sie eine richtige Tante ist, wäre es vielleicht nicht schlecht, sie anzurufen, doch dann fällt mir ein, dass manche Familien über die ganze Welt verstreut sind. Bloß weil sie Tante Anne ist, muss sie nicht unbedingt in der Nähe wohnen.

Der zweite Eintrag ist ein Doktor Robert. Ein Arzt ist immer gut. Als ich mit drei ohne Stützräder Fahrradfahren gelernt habe, bin ich einen Abhang runtergesaust – *Treten, treten, treten!* –, aber dann bin ich so schnell geworden, dass das mit den Treten nicht mehr funktioniert hat und ich gegen einen Baum gekracht bin. Es hat gar nicht besonders weh getan, aber mein Knie hat so geblutet, dass der Arzt es mit acht Stichen nähen musste.

Vielleicht sollte ich tatsächlich diesen Doktor Robert anrufen. Andererseits ist es schon nach neun, also ziemlich spät, und er wird vielleicht sauer, wenn man ihn nach Feierabend stört. Dad wurde schrecklich sauer, wenn ihn jemand nach neun Uhr abends angerufen hat. Er hat dann ins Telefon geflucht wie ein Irrer. Mum hat immer gesagt, wir sollen uns das bloß nicht angewöhnen.

Der dritte Name lautet Gary. Matts Vater.

Gary ist Mums Freund und würde bestimmt herkommen, selbst wenn er sich ärgert, dass ich ihn noch so spät störe. Andererseits bin ich ihm seit Matts Unfall nicht mehr begegnet. Vielleicht wird er ja nicht nur sauer, weil es schon so spät ist, sondern weil Matt ihm inzwischen erzählt hat, was wirklich passiert ist.

Meine Finger schweben unschlüssig über den Tasten, es dauert eine Ewigkeit, bis ich die erste Zahl wähle. Die restlichen tippe ich schnell hintereinander weg und drücke das Telefon sofort ans Ohr. Manche Dinge muss man einfach hinter sich bringen, so, wie man sich mit einem Ruck einen Milchzahn rauszieht, der nur noch an einem Faden hängt.

»Hallo?«, meldet sich jemand.

»Hallo, ist da Matts Vater?«

»Ja. Mit wem spreche ich denn?«

»Hier ist Liam, der Sohn von Sue.«

»Hallo, Liam«, sagt er. »Was gibt's?«

»Meine Mutter … Sie ist betrunken und wacht nicht auf, und ich weiß nicht, was ich machen soll.«

Er sagt, dass er in einer Minute da ist, und legt auf. Ich horche noch kurz auf das Brummen, dann lege ich das Telefon weg und sehe wieder nach Mum. Sie hat sich nicht von der Stelle gerührt, liegt immer noch auf dem Sofa und jammert leise vor sich hin. Daisy ist auf dem Fußboden eingeschlafen, ihre Vorderpfoten zucken. Hunde haben es gut. Sie sind immer fröhlich und brauchen sich keine Sorgen um Dinge zu machen, die sie nicht ändern können, wie zum Beispiel darum, dass ihre Großmutter von einem Dämon besessen ist oder dass ihre Schwester die Schule schwänzt. Sie leben einfach im Augenblick. Wenn sie mal einen blöden Tag haben, gibt man ihnen was zu fressen, und auf einmal ist es der schönste Tag aller Zeiten.

Manchmal wäre ich gern ein Hund.

Ich hocke mich neben Mum und nehme ihre Hand, damit sie spürt, dass ich da bin.

Dann fällt mir die Liste im Internet ein, und ich stupse sie an.

»Mum?«

Keine Reaktion.

»Mum?« Diesmal verpasse ich ihr einen kräftigen Stoß.

Sie ächzt und wälzt sich herum, öffnet kurz die Augen und nuschelt meinen Namen. Ich beuge mich über sie und sage: »Ist ja gut, ist ja gut.« Daraufhin verzieht sie den Mund, als wollte sie mich anlächeln, aber dann entfährt ihr ein grässliches HUUUAAAARGH!

Sie kotzt mich von oben bis unten voll.

36

Matts Vater braucht länger als eine Minute, aber damit habe ich schon gerechnet, denn wenn jemand sagt: »Bin in einer Minute da«, ist das nie so genau gemeint.

Überhaupt gibt es nicht vieles, was man in einer Minute schaffen kann. Nicht mal Usain Bolt hätte in einer Minute von Matts Haus bis zu uns rennen können.

Ich habe mir gerade ein sauberes T-Shirt angezogen, als es klingelt.

Daisy wacht auf, flitzt schlitternd über die Dielen zur Haustür und kläfft.

»Ist schon gut, Daisy.« Ich halte sie mit einer Hand am Halsband fest und öffne mit der anderen.

»Wo ist deine Mutter?«, will Gary wissen. Er trägt eine Jogginghose, ein weißes Unterhemd und Schuhe ohne Socken.

»Im Wohnzimmer.« Ich zeige mit dem Daumen über die Schulter und gehe vor.

Mum liegt jetzt auf der Seite.

»Ich hab versucht, das Erbrochene aufzuwischen, aber …«

Er nickt nur und schneidet eine Grimasse, weil es so stinkt.

Dann kniet er sich neben Mum. Er streicht ihr das Haar aus dem Gesicht und tupft ihr mit einem Taschentuch den Mund ab, an dem noch Reste von Erbrochenem kleben. Kennst du das, wenn es ganz still im Zimmer ist, und man nicht weiß, was man sagen soll, und plötzlich das Bedürfnis hat, irgendwas total Verrücktes zu tun, um die Stille zu brechen? Durchs Zimmer zu tanzen oder komische Geräusche zu machen oder so. Diesen Drang verspüre ich jetzt, aber Gary fände das vermutlich nicht besonders lustig. Er soll mich nicht blöd finden. Er soll wissen, dass es mir leidtut, was mit Matt passiert ist.

»Ich habe im Internet nachgeschaut, was man machen soll«, sage ich zu seinem Rücken. »Deswegen habe ich sie auf die Seite gedreht – damit sie nicht ersticken kann.«

»Das hast du gut gemacht«, sagt er. »Überhaupt scheinst du bei Notfällen sehr besonnen zu reagieren.«

»Mr Higgins …«, fange ich an.

»Ja?«

»Das mit Matt tut mir leid.«

Er antwortet nicht. Ich hocke mich neben Daisy und warte ab. Als Mum blinzelnd die Augen aufschlägt, setzt sie sich mit einem Ruck auf. Ihr Mund steht offen, und sie reibt sich die Augen.

»Gary«, nuschelt sie.

»Psst. Du muss dich ausruhen.«

»Es tut mir so leid, Gary. Was machst du hier? Hab ich dich angerufen?«

»Nein, Liam hat mich angerufen.«

Als Mum mich ansieht, kommen ihr wieder die Tränen. Sie laufen ihr übers Gesicht, genau in den Zickzackbahnen der verschmierten Wimperntusche. »Mein armer Junge«, sagt sie mit ihrer Jammerstimme. »Wo ist denn Jess?«

»Weggegangen.«

»Ach so. Stimmt ja.«

Danach sagt sie gar nichts mehr und lässt sich wieder aufs Sofa plumpsen. Ich hocke auf dem Teppich und kraule Daisys samtweiche Ohren. Mum atmet schnaufend.

Ich kann mein Herz nicht richtig spüren und meinen Magen auch nicht. Dort, wo beides hingehört, ist nur eine bleischwere Leere.

Mum ist hier. Aber wenn sie so ist, ist sie nicht meine Mum.

Genauso muss ihr zumute sein, wenn sie Grandma besucht. Ich versuche mir eine Welt ohne Mum vorzustellen, doch davon heule ich auch fast los, darum rücke ich rasch näher an Daisy heran und streichle sie, um mich abzulenken.

Irgendwann hilft Gary Mum die Treppe hoch. Er hievt sie ins Bett, dreht sie auf die Seite und setzt sich auf die

Bettkante. Ich setze mich neben ihn, und um uns herum ist alles dunkel und still, von Mums Atemzügen abgesehen, die jetzt tief und regelmäßig sind.

»Es ist schwer«, sagt Gary, verzieht das Gesicht und fährt sich mit den Fingern durchs Haar. »Es …«

Dann sagt er eine Ewigkeit gar nichts mehr. Der Wecker auf Mums Nachttisch ist so einer, der laut tickt. *Tick. Tack. Tick. Tack.* Gary schweigt immer noch. Sein Blick ruht kurz auf Mum, dann sieht er wieder mich an, und sein Mund geht auf und zu, auf und zu.

»Stimmt«, erwidere ich schließlich, um irgendwas zu sagen.

»Weißt du, Liam, ich kann nachvollziehen, was eure Mutter durchmacht. Vielleicht kann ich sie besser verstehen als irgendwer sonst. Ich weiß ja nicht, ob Matt etwas erzählt hat, aber meine Frau, sie leidet an …«

Er stockt und breitet hilflos die Hände aus.

»Meine Frau«, fängt er dann wieder an, »sie hat die gleiche Krankheit wie deine Großmutter. Sie ist dement. Sie ist nicht mehr derselbe Mensch wie früher.«

Und ich habe die ganze Zeit gedacht, dass Matts Großvater dement ist! Das heißt, die blonde Frau, die ich im Pflegeheim durch die Tür gesehen habe …

Sie ist tatsächlich Matts Mutter.

»Sind Sie deswegen so oft mit Mum zusammen?«, frage ich.

»Was? Nein! Nein, ich mag Sue sehr gern, aber es ist nicht so, wie du denkst.«

»Ach so. Ich dachte –«

»Nein«, wiederholt er schmunzelnd. »Wir sind kein Liebespaar oder so. Ehrlich nicht. Wir brauchen einfach nur beide jemanden, mit dem wir offen reden können. Wenn der Kranke einem so nahesteht, das ist einfach schrecklich. Isabelle ist noch genauso schön wie bei unserer Hochzeit, aber –«

Er schlägt die Hände vors Gesicht, und seine Schultern zucken. Am liebsten würde ich ihn tröstend streicheln, aber macht man so was bei einem fremden Vater? Als er die Hände endlich wieder wegnimmt, hat er nasse Augen.

»Sie ist nicht mehr da, Liam. Sie ist nicht mehr da. Sie ist nicht mehr sie selbst. Als ob …«

»… als ob sich ein Dämon in ihr eingenistet hat«, ergänze ich leise, »und sie von innen auffrisst.«

Er sieht mich erstaunt an. »Ja. Genau so. Als ob in ihr ein Dämon haust.«

37

Am nächsten Tag wartet Matt nach der Schule am Zaun auf mich.

»Warum war mein Vater gestern Abend bei euch zu Hause?«, will er wissen.

»Hä?« Ich gehe einfach weiter, aber er stellt sich mir den Weg.

»Du weißt genau, was ich meine! Ich hab dir gesagt, du sollst dafür sorgen, dass deine Mutter die Finger von ihm lässt.« Er tritt noch einen Schritt auf mich zu. Sonst ist niemand in der Nähe. Die meisten Schüler sind schon nach Hause gegangen, und die paar, die noch da sind, nehmen alle den Hauptausgang.

»Die beiden sind kein Paar«, sage ich rasch. »Sie sind nur befreundet.«

»Lügner!«, faucht er. »Du und deine Geschichten! Ich weiß, was du gemacht hast, neulich Abend auf der Straße. Ich weiß es!«

Er wippt auf den Fersen vor und zurück, und sein Blick erinnert mich an den von Daisy, wenn sie im Garten eine Katze entdeckt.

»Ich mach dich fertig!«, sagt er.

Instinktiv weiche ich zurück. *Lauf weg!*, ist das Einzige, was ich denken kann. *Lauf weg!*

Matt kommt noch näher. »Glaubst du, es hat Spaß gemacht, mit 'nem gebrochenen Arm im Krankenhaus zu liegen?« Offenbar rechnet er nicht mit einer Antwort, denn er redet gleich weiter: »Eine ganze Woche lang! Und alle haben gedacht, ich bin ein Vollidiot, der nicht weiß, wie man über die Straße geht! Die Polizei ist gekommen und hat mir Fragen gestellt. Ich hätte dich leicht verpetzen können. Du hast diesen Gargoyle auf mich gehetzt! Aber jetzt mach ich dich fertig.«

Den letzten Satz knurrt er richtig.

Los, Liam, lauf weg! Aber meine Knie zittern viel zu sehr.

»Ich habe deine Mutter gesehen«, versuche ich das Thema zu wechseln.

Keine gute Idee.

Denn jetzt packt er mich am T-Shirt und schubst mich rückwärts vor sich her. Dabei kommt er mit dem Gesicht ganz nah an mich ran und knurrt mit kraus gezogener Nase: »Du hast *was*?!«

»Ich –«

»Ich hab genau gehört, was du gesagt hast!«

Ich winde mich verzweifelt in seinem Griff. »Ich war im Pflegeheim, weil wir meine Großmutter besucht haben«, plappere ich drauflos. »Sie ist von einem Dämon besessen, und ich war bei ihr, und auf dem Weg nach draußen habe ich deine Mutter gesehen. Ich hatte gedacht, dein Großvater ist dort, weil ich dachte, dass nur alte Leute diese Krankheit kriegen, und die Leute im Heim sind alle alt, oder? Ich habe sie erkannt, weil ich bei euch zu Hause das Foto gesehen habe. Sie ist deine Mutter und –«

»Was laberst du da für einen Scheiß? Ein *Dämon?*«

Sein Griff lockert sich, und ich reiße mich los.

Ich überlege nicht lange, wohin ich laufen soll. Hauptsache weg.

Durchs Schultor und über die Hauptstraße und in die nächste Straße in Richtung Sportplatz. Meine hämmernden Schritte hallen von den Häuserwänden wider, aber seine leider auch.

Nicht umdrehen, ermahne ich mich, *bloß nicht umdrehen*, denn wenn im Film jemand rennt und sich dabei umdreht, stolpert er immer und fällt hin.

Ich habe Seitenstechen, aber auch das ignoriere ich und renne weiter.

Gleich habe ich ihn abgehängt!

Da stellt mir Matt von hinten ein Bein, und ich verliere das Gleichgewicht. Ich will mich noch irgendwo festhalten, aber ich falle schon und schlittere über den Boden.

Der raue Asphalt schürft mir die Haut auf, meine Arme und Beine brennen wie Feuer. Aber darum kann ich mich jetzt nicht kümmern, denn Matt sitzt auf meiner Brust und hindert mich am Aufstehen.

»Diesmal haust du nicht ab!«, faucht er mit einem Blick wie ein Irrer. So außer sich habe ich ihn noch nie erlebt. »Und wehe, du sagst noch *ein* Wort über meine Mutter. Dann bring ich dich um! Kapiert? *Ich bring dich um!*«

Ich will mich aufbäumen und ihn abwerfen, aber er ist zu schwer.

»Ja, ich hab's kapiert.«

Er rutscht ein bisschen nach hinten, so dass ich wieder einigermaßen Luft bekomme.

»Wie bitte?«, sagt er.

»Ich hab's kapiert!«, keuche ich. »Ich kann ... ich weiß ...«

»Stotter nicht rum!«

»Ich kann mich nicht mehr richtig an meine Großmutter erinnern, aber ich kriege mit, wie es den Leuten geht, die sie vor ihrer Krankheit gekannt haben. Der Dämon macht, dass meine Mutter trinkt und meine Schwester die Schule schwänzt. Und das macht mich traurig. Deshalb kann ich verstehen, jedenfalls ein bisschen –«

»Überhaupt nichts verstehst du«, sagt Matt in diesem ruhigen Ton, der mir noch mehr Angst macht, als wenn er mich anschnauzt.

Er klettert von mir runter. Ich kann nicht gleich aufstehen, weil mein Rücken zu weh tut und meine Arme eingeschlafen sind, aber weil Matt vor mir stehen bleibt, setze ich mich schließlich doch auf.

»Niemand kann das verstehen«, sagt er. »Niemand.«

Doch ich bin mit den Gedanken woanders, bei der Kirche, bei dem Ungeheuer, an das ich nicht mehr denken wollte. Was hat Mrs Culpepper gesagt? *Nutzt die Gelegenheit, solange ihr noch könnt.* Was Steinvogel Matt an jenem Abend angetan hat, kann ich nicht mehr ungeschehen machen, aber vielleicht kann ich trotzdem etwas wiedergutmachen – für Matt und für mich selbst.

Mit einer letzten Geschichte.

Ich reiße mich zusammen und kehre in die Gegenwart zurück. Matts finsterer Blick ist immer noch auf mich gerichtet, aber weil er nichts dagegen zu haben scheint, dass ich mich hingesetzt habe, traue ich mich jetzt aufzustehen. »Ich dachte, nur alte Leute sind von Dämonen besessen«, wiederhole ich. »Ich wusste nicht, dass es auch jüngere Leute wie deine Mutter treffen kann.«

»Meine Mutter ist *dement*, nicht von einem Dämon besessen.«

»Meine Schwester sagt, dass sich in unserer Großmutter ein Dämon eingenistet hat und sie von innen auffrisst. Und das stimmt. Ich habe es selbst gesehen.«

Matt seufzt.

Er lehnt sich gegen die Mauer. Seine Augen glänzen verdächtig.

»Na ja, man könnte tatsächlich denken, dass in meiner Mutter … dass ein Dämon in ihr wohnt.«

»Ja.«

Er steht eine ganze Weile mit gesenktem Kopf da und schweigt.

»Sie war selber schuld«, sagt er dann so leise, dass ich ihn kaum verstehe. »Sie war selber schuld, weil sie nicht … Ich hab ihr gesagt, sie soll loslassen, aber sie wollte ja nicht …«

Wovon redet er?

Ich platze vor Neugier, will aber auf keinen Fall dazwischenfragen, weil er sonst vielleicht nicht weiterspricht.

Darum stehe ich einfach da und schaue auf seine Haare, weil er den Kopf so tief hängen lässt. Passanten gehen an uns vorbei, aber ich beachte sie nicht.

»Das ist jetzt ein Jahr her«, sagt er schließlich. »Ich hatte Wasserbomben gekauft, weil ich sie aus dem Baumhaus auf die Autos werfen wollte, aber meine Mutter hat die Dinger gesehen und mir weggenommen. Ich wollte sie nicht hergeben. Sie hat gezogen, und ich hab gezogen, und sie hat gebrüllt, und ich hab lauter gebrüllt, und sie hat noch lauter gebrüllt … Und dann ist sie auf einmal ganz still geworden und hat die Hand aufs Herz gedrückt. Sie hat ›Oh!‹ gesagt, einfach nur ›Oh!‹. Und dann ist sie zusammengeklappt. Ich dachte, ihr Herz ist schuld, aber sie hat sich den Kopf angeschlagen. Sie hat sich den Kopf angeschlagen und ist nicht wieder aufgewacht.«

Mein Mund steht weltrekordverdächtig weit offen. »Aber im Pflegeheim habe ich doch gesehen, dass sie –«

Er weiß sofort, was ich meine. »Ja, jetzt ist sie wieder wach. Es hat drei Tage gedauert, dann ist sie aufgewacht. Aber ihr Gedächtnis wird immer schlechter. Am Anfang hat sie noch alles gewusst, nur nicht, was mit ihr passiert war. Aber dann hat sie Sachen vergessen, die wir ihr gerade erst erzählt hatten, und jetzt will sie mir dauernd Taschengeld geben, sogar wenn sie mir gerade erst welches gegeben hat und ich es ihr unter die Nase halte. Manchmal vergisst sie sogar, wie ich heiße.«

Danach legt sich Stille über uns wie eine schwere Decke. Matt lehnt an der Mauer, ich stehe vor ihm und weiß nicht, was ich jetzt machen soll.

»Sie war selber schuld«, wiederholt er dann, aber es klingt nicht mehr so überzeugt.

Plötzlich reißt er die Augen auf und sieht mich flehend an.

»Sie war selber schuld! *Sie war selber schuld!* Ehrlich!«

Er sinkt auf die Knie und schaut zu mir hoch.

Der knallharte Matt. Der gleiche Junge, der mir in der Schule das Leben zur Hölle macht.

»Aber mein Vater behauptet, dass *ich* schuld bin. Wenn ich die Wasserbomben nicht gekauft hätte, wäre das alles nicht passiert, sagt er. Er sagt, ich bin schuld, dass sie jetzt im Pflegeheim ist, dass sie einen Schlaganfall hatte und dement wird.«

»Das hätte ich gar nicht von ihm gedacht«, entgegne ich erstaunt.

»Er hat es ja auch nur einmal gesagt, gleich als es passiert war. Da hat er mich angebrüllt. Hinterher hat er sich tagelang dafür entschuldigt, aber ich muss trotzdem immer daran denken. Er hat gesagt, ich hätte ihm seine Frau weggenommen. Und das stimmt ja auch, oder?«

Er rutscht ein Stück vor, bis er direkt vor meinen Füßen kniet.

Ich weiche zurück, aber er kommt hinterhergerutscht.

Seine Stimme ist nur noch ein dumpfes Wimmern. Er schüttelt den Kopf und bewegt stumm die Lippen, und trotz allem – trotz allem, was er mir angetan hat – tut er mir leid.

Matt tut dir leid – geht's noch?

Er umklammert meine Schuhe, blickt bittend zu mir auf und schüttelt wieder den Kopf.

»Ich hab«, wiederholt er immer und immer wieder. »Ich hab …«

Weiter kann ich nicht zurückweichen, weil ich schon mit dem Rücken an der Mauer stehe.

Hundert Gedanken schießen mir durch den Kopf, aber einer davon ist lauter als alle anderen.

Matt ist wie Mum. Nur mit dem Unterschied, dass er nichts hat, was ihn davon ablenkt, dass ein Dämon seine Mutter auffrisst. Wahrscheinlich ist er deswegen die ganze Zeit so wütend. Alle seine Fragen, all seine Wut und alle Liebe zu seiner Mutter brodeln in ihm und können nicht heraus. Alle seine Erinnerungen und Träume. Das alles sprudelt und zischt wie eine Flasche Cola, die man schüttelt und die kurz vorm Explodieren ist.

Ich hocke mich hin, obwohl meine Knie immer noch höllisch weh tun. Jetzt kann ich ihm in die Augen schauen.

»Nein, du bist nicht schuld«, sage ich mit Nachdruck, auch wenn ich nicht restlos davon überzeugt bin. *Versetz dich doch mal in seine Lage.* Aber das klappt nicht. Ich kann mir beim besten Willen nicht vorstellen, wie er trotzdem weiterleben und zur Schule gehen kann und so weiter – ohne seine Mutter.

»Doch!«, schnieft er. »Doch.«

Danach sagt er nichts mehr.

Und ich spreche es aus. Ich spreche aus, was mir auf der Zunge liegt.

»Ich glaube, ich kann dir helfen.«

38

Unser Plan sieht so aus:

– Warten, bis die Schule aus ist.
– Verstecken, bis alle die Klasse verlassen haben.
– WICHTIG: Warten, bis Mrs Culpepper weg ist.
– In die Kirche gehen und eine Geschichte erzählen.

Ja, ich weiß, ich wollte keine Geschichten über Steinvogel mehr erzählen, aber ich habe da eine Idee. Und wenn es klappt, was ich vorhabe, dann kann ich nicht nur Matt helfen, sondern vielleicht auch Mum.

Anfangs geht alles glatt. Ich schaffe es, in Mathe wach zu bleiben, dann haben wir Englisch und danach Geschichte, wo es heute um einen weiteren Kriegshelden namens Charles Coward geht. Er gefällt mir bis jetzt von allen am besten, denn »Coward« heißt auf Englisch »Feigling«, und dieser Charles war das Gegenteil von feige. Danach sollen wir uns wieder im Kreis auf den Boden setzen, und Mrs Culpepper geht zu ihrem Tisch und holt das verzauberte Ei aus der rechten Schublade.

»Hoffentlich habt ihr inzwischen über eure Geschichten nachgedacht«, sagt sie und hält das Ei in die Höhe.

Matt starrt das Ei an, und man kann fast hören, wie es in seinem Hirn arbeitet. Als Mrs Culpepper mit dem Ei zu uns kommt, sehe ich unauffällig zur Schublade hinüber.

Sie hat kein Schloss.

Matts Blick verrät mir, dass er es auch gesehen hat.

Unwillkürlich verziehen sich meine Lippen zu einem triumphierenden Grinsen, und ich schaue rasch weg.

In der Runde folgt eine Geschichte auf die nächste, und das Ei wird wärmer und wärmer. Als ich an der Reihe bin, erfinde ich rasch irgendwas darüber, wie Daisy von einem Schwein über einen Acker gejagt wurde, und gebe das Ei dann weiter.

Dann läutet es auch schon, und die Stunde ist zu Ende.

Mein Blick huscht zur Wanduhr, es ist Viertel nach drei. Ich bekomme eine Gänsehaut.

Es ist so weit.

Ich packe meine Sachen extra langsam zusammen, während es um mich herum immer leerer wird. Stühle scharren über den Boden und werden unter die Tische geschoben, Schuhe trampeln zur Tür und nach draußen in den Flur. Bald sind nur noch Mrs Culpepper, Matt, Cheesy, Joe und ich in der Klasse. Mrs Culpepper legt das Ei wieder in die Schublade und räumt ihren Tisch auf.

Matt und seine Freunde stehen auf und gehen nach

draußen, und jetzt bin nur noch ich übrig. Ich werfe meine Tasche über die Schulter und gehe ebenfalls raus. Mrs Culpepper sieht mir schmunzelnd nach.

»Na, wer kommt denn da?«, sagt jemand im Flur.

Joe steht an der Garderobe und lässt seine Knöchel so laut knacken, als würden die Knochen brechen. Es ist eine dieser Comic-Situationen, in denen man laut *Schluck!* machen und wegrennen müsste. Stattdessen bleibe ich wie erstarrt stehen. Er kommt lässig auf mich zugeschlendert. Matt und Cheesy stehen schon am Ausgang. Ich schaue hilfesuchend zu Matt hinüber, aber er merkt nichts.

»Ich habe mich noch gar nicht richtig für neulich bedankt. Abends auf der Straße«, sagt Joe. Je näher er kommt, desto größer scheint er zu werden, bis er schließlich doppelt so groß ist wie ich. Er ragt vor mir auf und ballt die prankengroßen Hände zu Fäusten.

Ein Stromschlag fährt durch meine Beine.

Lauf!

Doch als ich gerade losflitzen will, dreht Matt sich um und räuspert sich.

»Lass ihn in Ruhe, Joe«, sagt er. »Du kannst ihn dir ein andermal vornehmen.«

Joe wirft einen flüchtigen Blick über die Schulter. »Was ist?«

»Ich hab gesagt, du sollst ihn in Ruhe lassen!«

Joe dreht sich wieder zu mir um. Ich sehe ihm an, dass er mir gern eine reinhauen würde, weil ich ihm mit Steinvogel Angst eingejagt habe. Er sabbert geradezu vor Gier, mich zusammenzuschlagen, und kommt noch näher.

»*Joe!*«, sagt Matt streng.

Da bleibt er endlich stehen, dreht sich um und geht zu den beiden anderen. Matt lässt kaum merklich die Schultern sinken, als ob er aufatmet, dann ist er draußen, und Cheesy und Joe auch.

Ich habe mit Matt verabredet, dass wir uns um halb vier am Klettergerüst treffen, aber erst mal muss ich mich verstecken, damit Matt die anderen loswerden kann.

Ich schließe mich wieder im Klo ein, in der gleichen Kabine, die Matt eintreten wollte, und stelle mir vor, wie der Zeiger auf meiner zerbrochenen Uhr langsam vorrückt.

Ob es klappt? Kann es überhaupt klappen? Zwei Jungs, ein Ei und eine Riesenportion Glück.

Irgendwann halte ich es nicht mehr aus. Ich verlasse die Toilette, gehe aber vorsichtshalber hintenrum. Vielleicht ist Mrs Culpepper ja noch da. Sie darf mich auf keinen Fall sehen, sonst schöpft sie womöglich Verdacht, wenn sie merkt, dass das Ei weg ist.

Neben dem Klassenraum der Vierten gibt es einen Seitenausgang aus dem Gebäude, eine dieser Brandschutztüren, die man nur aufdrücken muss. Dahinter ist der Teich, wo –

Ich schüttle das Bild ab, wie ich ins Wasser falle.

Hinter dem Teich ist der große Spielplatz mit der Wiese und dem Klettergerüst. Eine hohe Böschung verdeckt die Sicht darauf. Weil Matt noch nicht da ist, ducke ich mich dahinter und warte.

Es ist so still, das mir das kleinste Geräusch laut vorkommt. Mein Herzklopfen. Das Insektengebrumm. Das Vogelgezwitscher in den Bäumen. Ein Flugzeug dröhnt über den blauen Himmel und zieht eine weiße Spur hinter sich her.

»Buh!«

Ich fahre erschrocken zusammen.

Matt hält sich den Mund zu, um nicht laut loszulachen.

»Das ist nicht lustig«, schimpfe ich, muss aber selbst grinsen.

»Wie lange wollen wir noch warten?«, fragt er.

Weil meine Uhr ja kaputt ist, muss ich am Stand der Sonne abschätzen, wie lange es noch hell sein wird. »Eine halbe Stunde. Dann müsste es dunkel werden.«

»Im Schutz der Dunkelheit. Das find ich gut«, gibt Matt zurück.

Die Sonne sinkt immer tiefer und malt einen orangeroten Streifen über die Bäume. Mein Atem bildet wieder

Wölkchen, und ich reibe mir fröstelnd die Arme. Schulpullover sind warm, aber so warm dann doch nicht.

Matt springt auf. »Los, wir gehen, sonst friert mir der Arsch ab.«

Im Schulgebäude sind die meisten Fenster dunkel, nur ein paar sind noch hell. Vermutlich ist dort die Putztruppe zugange, oder ein paar Lehrer bleiben heute länger. Bei uns in der Sechsten brennt kein Licht. Mrs Culpepper ist nach Hause gegangen.

Über die Wiese, an der Mauer entlang und durch den Hintereingang.

Wir schleichen auf Zehenspitzen zu unserem Klassenzimmer und spähen durch die halb offene Tür.

»Halt!«, flüstert Matt auf einmal und zeigt nach oben. Drinnen an der Wand, dicht unter der Decke, blinkt ein rotes Lämpchen an einem kleinen weißen Kasten. »Ist das ein Bewegungsmelder?«, fragt er flüsternd.

»Du meinst, es gibt Alarm, wenn wir reingehen?«

»Hoffentlich nicht.« Er seufzt. »Aber das ist jetzt nicht zu ändern. Wir müssen uns eben beeilen.«

Er drückt die Tür weiter auf, und wir schlüpfen hindurch.

»Hol du das Ei, ich passe so lange auf.«

Jedes Mal, wenn ich mich bewege, blinkt das rote Lämpchen. Beim ersten Mal bleibe ich wie angewurzelt stehen.

Los, Liam, weiter!

Blink, blink, blink, blink. Es flackert sogar, wenn ich atme, und wenn es scharf gestellt ist, dann weiß die Polizei bestimmt schon Bescheid.

Ich hole tief Luft, flitze zu Mrs Culpeppers Schreibtisch hinüber und ziehe die Schublade auf.

Das Ei liegt nicht drin.

Sie hat es mit nach Hause genommen!

Das kann nicht sein. Ich habe doch gesehen, wie sie es in die Schublade zurückgelegt hat!

Blink, blink, blink, blink.

Mit schweißnassen Händen wühle ich hektisch die anderen Schubladen durch, hebe Papiere hoch, schiebe Bücher weg – aber das Ei ist nicht da, es ist nirgendwo, es ist …

Da ist es. In der untersten Schublade.

Offenbar hat sie es nach dem Unterricht noch mal rausgeholt und in eine andere Schublade getan. Inzwischen ist es ganz kalt. Die Geschichten sind verschwunden und haben die Wärme mitgenommen.

Blink, blink, blink, blink.

»Mach schon!«, zischt Matt ungeduldig.

»Ich hab's!« Ich laufe mit dem Ei zur Tür.

»Gut. Dann nichts wie weg.«

Als wir die Tür hinter uns zuziehen, biegt ein Putzmann um die Ecke. »Was macht ihr denn noch hier?«, fragt er mit schwerfälligem Akzent.

»Wir wollen in die Kirche!«, ruft Matt über die Schulter und rennt davon.

Ich renne hinterher. Mein Herz klopft, und ich habe vor Aufregung ein flaues Gefühl im Magen. Um ein Haar wären wir erwischt worden. Und vielleicht wurden wir ja auch erwischt, je nachdem, ob uns der Putzmann verpetzt. Dann ist das Spiel aus.

Aber egal. Erst mal setzen wir unseren Plan in die Tat um.

Und wenn es klappt, was wir vorhaben, spielt alles andere morgen sowieso keine Rolle mehr.

39

Draußen wird es schnell dunkel. Fledermäuse segeln über den Weg zur Kirche und über den alten Friedhof, flattern um die Ruine.

Auf halbem Weg zum Eingang fällt mir auf, dass Matt stehen geblieben ist.

»Ich geh da nicht rein«, sagt er und schaut sich ängstlich um.

»In der Kirche spukt es nicht. Das sind bloß irgendwelche albernen Gruselgeschichten.«

»Weiß ich. Ich hab auch keine Angst vor Gespenstern oder so. Bloß vor …«

»… vor dem Gargoyle?«

Er nickt. Die kahlen Äste der Bäume werfen schmale Schatten auf sein Gesicht. Auch ich muss mich überwinden, die Kirche zu betreten, denn beim Gedanken an Steinvogels blutbefleckte Pranken wird mir ganz anders. Und was machen wir, wenn es nicht funktioniert? Wenn alles umsonst war?

»Dann warte hier«, sage ich.

Das Ei in meiner Hand ist jetzt so kalt wie noch nie,

und mir geht durch den Kopf: *Vergiss es – du bist allein, und ohne die anderen aus der Klasse wird das Ei niemals warm genug.* Und: *Das klappt nie, klappt nie, klappt nie.*

Aber es muss klappen!

Ich trete durch die schwere Tür in den gefliesten Kirchenraum. Meine Schritte hallen von den Wänden wider, das Mondlicht lässt die zerbrochenen Fenster aufblinken, und die eisige Kälte schlägt über mir zusammen.

Die Tür zur Sakristei schwingt mühelos auf, und da ist er – Steinvogel. Er sitzt im Dunkeln, hat den Schwanz um die Hinterbeine geschlungen, die Flügel angelegt und den gewaltigen Kopf in die klauenbewehrte Pranke gestützt.

Und seine Augen …

Denk nicht an seine Augen.

Ich nehme das Ei in beide Hände und reibe es kräftig, damit es warm wird, aber es ist kalt, so kalt.

Denk nach, Liam, denk nach.

Ich schließe die Augen und sehe wieder vor mir, wie Matt verzweifelt auf die Knie sinkt. Wie seine Mutter allein in ihrem Pflegeheimzimmer vor sich hin flüstert, bloß weil sie sich den Kopf angeschlagen hat. Ich sehe wieder Jess' Gesicht vor mir, als Grandma auf der selbstgemalten Geburtstagskarte herumkaut, und Mum, die sich über Grandma beugt, ihre Hand streichelt, um den Dämon zu vertreiben, und in dem alten Körper nach der Frau von früher sucht.

Mit dem Ei in den Händen stehe ich da und konzentriere mich auf das alles – und dann erzähle ich eine Geschichte.

Die geht so:

In der verfallenen Kirche haust ein Gargoyle.

Er sitzt in der kalten, dunklen Sakristei und wartet. Er hat schon so lange dort gewartet, dass er vergessen hat, wo er herkommt.

Er sitzt dort, wartet und erinnert sich.

Denn seine Erinnerungen sind alles, was ihm geblieben ist. Erinnerungen an Burgen, Schlachten und Dämonen. Vor allem an Dämonen, denn die sind seine natürlichen Feinde.

Ein Gargoyle hat die Aufgabe, Dämonen zu bekämpfen.

Er hat die Aufgabe, die Menschen zu beschützen.

Deswegen halten Gargoyles überall auf der Welt an wichtigen Orten Wache.

Deswegen ist er hergekommen. Als Beschützer der Menschen.

Das Ei erwärmt sich. Die Wärme sickert in meine Finger und Handflächen, und vielleicht ist es nur Einbildung, aber das Ei fühlt sich auf einmal lebendig an, scheint sich von selbst hin und her zu drehen.

Der Gargoyle hat einen Jungen beschützt, dem es nicht gutging.

Doch es gibt andere Menschen, die ihn viel dringender brauchen. Die Mutter des Jungen zum Beispiel. Und Matts Mutter. Und alle Bewohner des Pflegeheims, die jeden Tag mit dem Dämon kämpfen und versuchen, ihre Erinnerungen festzuhalten.

Das sind die Menschen, die wirklich Hilfe brauchen.

Auch wenn der Gargoyle noch nie von diesem besonderen Dämon gehört hat, weiß er, wo er hinfliegen muss. Er breitet die mächtigen Schwingen aus und schwingt sich in die Nacht empor. Er fliegt über die kleine Stadt, bis er zum Pflegeheim kommt, und dann –

Ein Geräusch lässt mich zusammenzucken.

Ein knirschendes, scharrendes, mahlendes Geräusch. Ich reiße erschrocken die Augen auf, aber Steinvogel hat sich nicht von der Stelle gerührt. Er sitzt immer noch im Dunkeln und beobachtet mich.

»Bitte!«, sage ich. »Bitte hilf ihnen. Bitte flieg zu ihnen.«

Das Ei ist jetzt richtig heiß.

Ich merke gar nicht, dass ich auf ihn zugehe, aber plötzlich stehe ich dicht vor ihm, spähe in sein Steingesicht und zu seinen Steinaugen hoch und berühre sein Steinherz. Es ist warm. Der graue Stein verströmt Wärme, genau wie Mrs Culpeppers verzaubertes Ei.

»Sie brauchen dich!«, sage ich in die Dunkelheit und die Stille hinein. »Dieser Dämon ist kein Märchen. Es gibt ihn wirklich, und er frisst die Leute von innen auf. Er frisst alles auf, was sie zu Menschen macht. Er reißt sie in Stücke und verwandelt sie in Gespenster mit leerem Kopf und leeren Augen, die verzweifelt und vergeblich versuchen, sich zu erinnern.«

Steinvogel reagiert immer noch nicht.

Warum nicht?

Ich habe doch das Ei in der Hand und erzähle eine Geschichte! Warum erwacht er nicht zum Leben? Matt wartet draußen, und Mum wird sich schon wundern, wo ich bleibe. Auch wenn sie selbst es nicht ahnt, braucht sie meine Hilfe. Alle brauchen meine Hilfe. Und ich bin so ein Versager.

Denn Steinvogel – er ist nur eine Statue.

Mich packt die Wut, und ich verpasse dem Gargoyle einen Fausthieb. Meine Knöchel werden erst taub und tun dann höllisch weh, aber ich achte gar nicht darauf, denn das ist nicht wichtig. Wichtig ist nur, dass ich eine Geschichte erzählt habe und Steinvogel nicht zugehört hat.

»Bitte!«, sage ich und boxe ihn ein zweites, drittes und viertes Mal.

Bitte.

Rot. Ich blute, spüre aber keinen Schmerz. Mein Blut hinterlässt Flecken auf Steinvogels muskulöser Brust, dunkle Flecken auf dem grauen Stein. Nur, dass es kein grauer Stein mehr ist, denn jetzt ziehen sich bläuliche Adern darüber wie über das Ei.

Was?

Ich weiche erschrocken zurück. Die Adern beben, pulsieren unter der Haut.

Flieg los! Bitte flieg los!

Ich schließe wieder die Augen und stelle mir Grandma,

Mum, Matt und seine Eltern und alle anderen Menschen vor, die von dem Dämon gequält werden. Die Tränen laufen mir übers Gesicht.

Ich weiß nicht, wie lange ich so dastehe, aber irgendwann fällt mir wieder ein, dass Matt immer noch draußen wartet.

Ich öffne die Augen.

Was ich sehe, lässt mich ungläubig blinzeln.

Besser gesagt, was ich *nicht* sehe. Denn die Sakristei ist leer.

Steinvogel ist verschwunden.

40

Am nächsten Tag soll ich nach dem Mittagessen wieder ins Büro der Direktorin kommen. Ich sitze ihr gegenüber und habe Herzklopfen. Bestimmt hat uns der Putzmann verpfiffen. Ob Mrs Willis schon erfahren hat, dass ich das Ei geklaut habe? Das Schweigen zieht sich in die Länge, und ich kann immer nur denken: *Sie weiß es, sie weiß es, sie weiß es.*

»Deine Mutter hat gerade angerufen«, sagt sie schließlich und schaut mich über ihre Brille hinweg an.

»Es tut mir leid, Liam, aber es geht um das Pflegeheim. Deine Mutter möchte, dass du dort hinkommst. Sie holt dich gleich ab.«

»Was?« Dann muss etwas passiert sein! Aber was bloß? Wenn das Ganze nun schiefgegangen ist? Wenn Steinvogel Grandma angegriffen hat, so wie er Matt angegriffen hat?

Nein nein nein nein nein.

»Es ist bestimmt nichts Schlimmes«, sagt die Direktorin, aber ihr Tonfall beruhigt mich überhaupt nicht. Vermutlich sprechen alle Lehrer so, wenn sie einen beruhigen wollen. Ich frage, was denn los ist, aber sie sagt nur, dass ich draußen auf dem Spielplatz auf Mum warten soll und dass sie Mrs Culpepper Bescheid gibt.

Die Flure im Pflegeheim sind leer, abgesehen von ein paar alten Leuten, die ziellos durch die Gegend schlurfen. Kennst du das Videospiel *Dead Rising*? Da ist man zusammen mit lauter mordlustigen Zombies in einem Einkaufscenter eingesperrt und muss in die Läden einbrechen, um sich Waffen zu holen, zum Beispiel Bowlingkugeln, Rasenmäher und Golfschläger.

Schlurfen und leises Gejammer. Man erkennt die Leute, die schon lange mit dem Dämon leben, sofort. Ihr Blick ist leer, sie bleiben ab und zu stehen und sehen sich suchend um, oder sie sprechen einen an und sagen zum Beispiel: »Sie hätten mal 1998 meine preisgekrönten Ziegen sehen sollen!« Oder: »Übrigens – hier sitzt ein Ungeheuer auf dem Dach. Ich habe letzte Nacht von ihm geträumt.«

Als ein alter Mann das sagt, bleibe ich wie angewurzelt stehen, aber Mum nimmt meine Hand und zieht mich weiter. Meine Schuhsohlen quietschen über den blank geputzten Fußboden, dann stehen wir vor Grandmas Zimmer.

»Du wirst staunen!«, sagt Mum. Das hat sie schon auf der Hinfahrt die ganze Zeit gesagt und auch hier auf dem

Weg zu Grandmas Zimmer. »Jess ist schon drin. Du wirst staunen!«

Sie drückt die Tür auf, und da ist sie – Grandma sitzt im Bett, durch das offene Fenster scheint die Sonne auf ihr Gesicht, und die frische Luft vertreibt den muffigen Geruch.

»Liam!«, ruft sie aus, als sie mich erblickt.

Wie bitte?

Ich bleibe unwillkürlich stehen.

Grandma strahlt mich an und streckt die knochige Hand aus, an der heute keine Essensreste kleben, sondern die sauber und blass ist, als sie mich mit dem gekrümmten Zeigefinger zu sich heranwinkt. Ich schaue verstohlen zu Mum hinüber. Ist sie auch so überrascht wie ich? Aber sie schiebt mich nur sanft vor sich her.

»Bist du aber groß geworden!«, sagt Grandma, als ich an das Bett trete.

Ihre Augen sind leuchtend blau und von Lachfältchen umrahmt. Sie fallen nicht alle paar Sekunden zu. Alles Trübe, Bedrückende ist aus dem Zimmer verschwunden, von der frischen Luft und dem Blumenduft hinausgefegt.

»Nein so was!«, sagt sie. »Komm her und gib deiner alten Großmutter einen Kuss.«

Mein Blick wandert über ihr Gesicht, aber ich entdecke weder Spucke noch Essensreste, nur runzlige, weiße Haut. Daraufhin beuge ich mich vor und gebe ihr einen

Kuss, und sie gibt mir auch einen. Als ich mich wieder aufrichte, fasst sie nach meiner Hand. Ihr Griff ist so fest, dass meine Finger auch ganz weiß werden. Ich erwidere den Händedruck.

Mum und Jess stehen so dicht hinter mir, dass ich ihre Körperwärme spüre. Ich kann den Blick nicht von Grandma abwenden. Ich spähe in ihre glückstrahlenden blauen Augen und halte nach dem Dämon Ausschau. Aber ich kann ihn nicht entdecken, sondern nur Klugheit und lauter Geschichten und Witze, die darauf warten, erzählt zu werden. Und Erinnerungen. Viele, viele Erinnerungen.

»Was für ein hübsches Kerlchen!«, sagt sie und zwinkert Mum zu. »Du wirst mal ein richtiger Mädchenschwarm. Wie alt bist du jetzt?«

»Elf.«

»Ein wunderbares Alter! Ach, sie werden ja so schnell groß, nicht wahr?«

Sie dreht sich zum Fenster um und schaut hinaus. Draußen im Garten sitzen Leute in der Sonne. Ihr fröhliches Gelächter schallt bis ins Zimmer. *Gelächter!*

»Wisst ihr was?«, sagt Grandma, »ich habe eben schon mit Jess besprochen, dass ich gern ein bisschen rausgehen würde. Glaubt ihr, wir kriegen das hin?«

Sie will sich auf die mageren Arme aufstützen, sinkt aber wieder zurück. Sie hat überhaupt keine Muskeln mehr, die Haut hängt über die Knochen wie eine lose Zeltplane.

»Ich schau mal, ob ich einen Rollstuhl auftreiben kann«, sagt Mum rasch.

Ich beuge mich wieder vor, damit sich Grandma an mir festhalten kann. Sie packt meinen Arm und zittert vor Anstrengung, als sie versucht, sich über das Bettgeländer zu hieven.

Trotzdem kichert sie belustigt: »Die denken wohl, wir würden sonst ausbrechen!«

Mum kommt mit einem Rollstuhl zurück, und Jess und ich helfen Grandma hinein. Sie landet mit einem Plumps auf der Sitzfläche, und ich fürchte schon, dass sie sich weh getan hat, aber sie packt nur entschlossen die Armlehnen.

»Auf geht's!«, kommandiert sie.

Wir lachen alle vier, als wir sie aus dem Zimmer und in den sonnigen Garten hinausschieben. Wir lachen wie die Verrückten. Wir lachen, als hätten wir noch nie im Leben gelacht.

41

»Bin ich nicht ein Glückspilz?«, sagt Grandma, als wir ihr helfen, sich wieder ins Bett zu legen. »So ein Abenteuer erlebt man nicht jeden Tag.«

Ihre Augen. Sie funkeln. Man merkt sofort, dass sie alles mitkriegt. Sie ist immer noch alt und gebrechlich, trotzdem wirkt sie irgendwie viel kräftiger und lebendiger als sonst.

Eine Pflegerin bringt eine Kanne Tee, und wir sitzen um das Bett, reden, lachen und futtern die restlichen Pralinen von Grandmas Geburtstag auf.

»Sechsundachtzig«, sagt sie, »stellt euch das mal vor!«

»Wir haben übrigens dein Tagebuch gefunden«, sagt Jess.

»Ach ja? Und ich wette, ihr habt darin gelesen, stimmt's?«

Mum grinst. »Jess kann's kaum erwarten, mehr über Rupert zu erfahren.« Sie senkt verschwörerisch die Stimme. »Sie hat nämlich jetzt auch einen Freund.«

»*Mum!*«

»Ehrlich?«, sagt Grandma. »Und wann lerne ich ihn mal kennen?«

Dann reden sie über Jungs, lachen über alte Liebesgeschichten und anderes albernes Zeug. Nach einer Weile habe ich genug und stehe auf. Sie sind so vertieft in ihre Unterhaltung, dass sie es gar nicht mitbekommen, und ich nehme es ihnen auch nicht übel.

Kennst du das, wenn etwas so überraschend oder so lustig oder so toll ist, dass man glaubt, man träumt? Und man will sich nicht kneifen, weil man gar nicht aus dem Traum aufwachen will?

Genauso geht es mir jetzt.

Ich will mich nicht kneifen, und ich kneife mich auch nicht, denn ich habe noch etwas zu erledigen.

Ich gehe unauffällig zur Tür und nach draußen.

Jetzt sind mehr alte Leute und auch Pflegekräfte im Flur unterwegs. Sie wollen in den Gemeinschaftsraum, wo der Fernseher läuft.

Das Zimmer wiederzufinden, dauert nicht lange.

Vor der Tür bleibe ich kurz stehen und spitze die Ohren. Ob es Matts Mutter auch bessergeht? Und wenn nicht, was dann? Ich weiß nicht, was ich noch machen könnte, und Matt wird mir wahrscheinlich wieder drohen, mich umzubringen.

Die Tür steht einen Spalt offen, ich kann gerade so hindurchspähen.

Matt ist drinnen, und Gary auch. Sie sitzen am Bett von Matts Mutter. Ich kann zwar nicht verstehen, was sie reden, aber eins steht fest.

Sie haben gute Laune.

»Da ist er ja!«, sagt Grandma, als ich wieder hereinkomme.

Sie winkt mich heran, und ich setze mich neben sie aufs Bett.

»Weißt du was?«, sagt sie dann zu Mum, »ich hätte gern noch ein Tässchen Tee.«

Mum steht auf, wirft Jess einen vielsagenden Blick zu: *Komm mit!*, und beide gehen raus.

Auch ich spüre, dass Grandma den Wunsch nach frischem Tee nur geäußert hat, damit wir beide allein sein können. Ich möchte sie so vieles fragen, aber jetzt, wo ich endlich Gelegenheit dazu habe, wollen sämtliche Fragen auf einmal heraus, und ich weiß gar nicht, womit ich anfangen soll.

»Ich habe gehört, du kümmerst dich um deine Mutter«, sagt sie.

»Stimmt.«

»Und um deine Schwester auch?«

»Ich versuch's.«

»Sie geht dir bestimmt manchmal ganz schön auf die Nerven, was?«

Ich muss grinsen. »Kann sein.«

Dann schweigen wir eine Weile. Ihre Augen leuchten. Ja, sie haben schon viel gesehen, aber sie sind trotzdem das Jüngste an ihrem Gesicht. Wenn ich sie so ansehe, kann ich die Dreizehnjährige erkennen, über die ich schon so viel aus dem Tagebuch erfahren habe.

»Aber nicht ich allein«, sage ich.

»Nein.«

Sie weiß sofort, was ich meine.

Ich taste in meiner Tasche nach dem Ei und hole es heraus. Als Grandma es erblickt, geht ein Strahlen über ihr Gesicht. »Ach ja«, sagt sie, »es ist schon ewig her, dass ich es zuletzt gesehen habe.«

»Mrs Culpepper hat es mir geschenkt«, sage ich, obwohl das natürlich gelogen ist. Andererseits hat Mrs Culpepper angekündigt, dass sie möglicherweise bald nach Schottland zurückkehrt, so dass es ihr vielleicht ganz recht ist, wenn ich das Ei an mich nehme.

»Verstehe. So schließt sich der Kreis, stimmt's?«

»Ist es denn wahr?«, frage ich.

Ihre Augenbrauen schnellen nach oben. »Ist *was* wahr?«

»Ist dir Steinvogel tatsächlich aus Paris hierher gefolgt?«

Wenn sie lächelt, sieht man, dass sie ein Gebiss trägt. »Wenn du es gern möchtest, dann ist es wahr.«

Weil ich nicht weiß, was ich darauf erwidern soll, frage

ich etwas anderes, achte aber darauf, die Frage so zu formulieren, dass sie mir nicht wieder in Rätseln antworten kann.

»Du, Grandma?«

»Ja, Herzchen?«

»Was ist am 16. Januar passiert?«

»Oha«, sagt sie, »du bist ein ganz Schlauer, was?«

Ihr Blick flackert kurz, und mich überkommt wieder der Verdacht, dass sie das Mädchen umgebracht hat. Oder dass sie Steinvogel dazu aufgefordert hat, was im Grunde dasselbe ist. Ich habe plötzlich einen Kloß im Hals und würde die Frage am liebsten zurücknehmen, würde am liebsten einfach aus dem Zimmer laufen – aber ich muss endlich Gewissheit haben. Jetzt oder nie.

»Du brauchst gar nicht so zu gucken!«, sagt sie.

Als ich schlucke, kommt mir das Geräusch furchtbar laut vor.

»Du willst also wissen, ob deine arme alte Grandma fähig war, eine Mitschülerin umzubringen?«

»Äh ... na ja, du hast doch gesagt ...«

Sie tippt sich an die Schläfe. »Demenz ist eine üble Sache. Wenn sie dich erst mal im Griff hat, lässt sie dich nicht wieder los. Sie bringt dich dazu, die unmöglichsten Dinge zu sagen. Dinge, die überhaupt nichts mit dir zu tun haben.«

Aber als sie meinen Blick sieht, setzt sie hinzu: »Weißt

du was? Schau doch mal in dem Schrank da drüben nach, ob du mein Skizzenbuch findest. Ich bin eigentlich sicher, dass es da drin ist, weil ich es gestern Abend den Schwestern gezeigt habe.«

»Du hast dein Skizzenbuch hier?«

»Na klar! Wo denn sonst?«

Ich gehe um das Bett herum und öffne den Schrank. Ich entdecke einen DVD-Player, einen CD-Player, ein paar alte Geburtstagskarten und ein Kästchen, das vielleicht Schmuck enthält. Und ganz hinten liegt ein in schwarzes Leder gebundenes Buch.

»Das ist es!«, bestätigt Grandma, als ich es zum Bett bringe.

Sie blättert in den Zeichnungen – Ansichten von Paris, Landschaften und haufenweise Grabsteine und Gargoyles. Dann hält sie inne und deutet auf eine Seite. Ich verstehe die Zeichnung nicht sofort. Ein Mädchen, vermutlich sie selbst, und darum herum ein wirres schwarzes Gekritzel. Aber über dem Kopf des Mädchens breiten sich schützende Flügel aus.

»Steinvogel!«, flüstere ich.

»Gib mir doch mal das Ei«, sagt Grandma. »Ich will dir eine Geschichte erzählen.«

42

»Es war einmal ein Mädchen, das zog während des Zweiten Weltkriegs nach Swanbury«, fängt sie an.

»Du.«

»Ja, ich. Aber unterbrich mich bitte nicht. Hat euch Mrs Culpepper nicht beigebracht, dass immer nur der redet, der das Ei hat?«

»'tschuldigung«, sage ich rasch, aber sie zwinkert mir zu, um mir zu zeigen, dass es nur ein Scherz war.

»Als ich hierherkam, nahm ich nicht an, dass ich lange bleiben würde. Paris war unsere Heimat. Dort waren wir hingezogen, damit sich mein Vater um das Familienunternehmen kümmern konnte. Außerdem glaubten damals alle, dass der Krieg sowieso spätestens an Weihnachten zu Ende sein würde. Das war leider ein Irrtum. Aus Tagen wurden Wochen, aus Wochen Monate, und die Dame, die mich bei sich aufgenommen hatte, die liebe Mrs Woods, fand, dass ich hier zur Schule gehen sollte.

Du weißt ja sicher, wie grässlich es ist, wenn man neu an einer Schule ist. Wenn man sich zu sehr um die anderen bemüht, machen sie sich über einen lustig, und wenn man sich gar nicht bemüht, gilt man als hoffnungsloser Fall. Und wenn man in irgendeinem Fach zu gut ist – tja, dann machen sie einen fertig. So war es auch bei mir.«

Ich sehe den Friedhof vor mir, den Grabstein mit Claires Namen.

»Claire konnte mich von Anfang an nicht leiden. Sie suchte ständig Streit, beleidigte mich, steckte mir irgendwas ins Haar und legte heimlich ein Stück Schokolade auf meinen Stuhl, so dass ich beim Aufstehen einen großen braunen Fleck auf dem Rock hatte. Aber es kam noch schlimmer. Es gab da so eine Mutprobe. Schon damals spukte es in der Kirche, jedenfalls glaubten das viele Leute. Die Mutprobe bestand darin, sich abends dort einschließen zu lassen. Es ging darum, wie lange man es aushielt, bis man schreiend von innen an die Tür hämmerte.«

Das kommt mir nur allzu bekannt vor. Matt und seine Freunde wollte mich zwar nie in der Kirche einsperren, aber die Idee hätte von ihnen sein können. Mich in einen Teich zu schubsen oder ums Schulgebäude zu jagen, ist gar nicht so viel anders.

Trotzdem hatte ich nie das Bedürfnis, die drei umzubringen. Mich zu rächen, das schon, aber ich habe mir nie gewünscht, dass sie tot wären.

»Auch ich kam natürlich an die Reihe. Eines Abends hat mich Claire vor sich hergejagt, bis ich mich nur noch in die Kirche flüchten konnte. Sie kam hinterher, wir haben uns geprügelt. Auf einmal hat es erst dumpf gerumpelt und dann so laut gekracht, als hätte eine Bombe eingeschlagen. Als die Steine um uns herum herabprasselten, waren wir beide vor Schreck wie gelähmt.«

Grandma unterbricht sich. Ihr Gesicht ist wie eingefroren, ihr Blick abwesend.

Ich beuge mich vor und frage mit gesenkter Stimme: »Was ist dann passiert? Wie konntest du dich retten?«

»Zum Glück hat Steinvogel schneller reagiert als ich. Als das Dach einstürzte, kam er durch den Spalt geflogen und breitete schützend die Schwingen über uns aus. Die Steine donnerten auf ihn herab, es war ein Höllenlärm. An jenem Abend loderten seine Augen so hell wie noch nie, wie Flammen aus purem Gold. Aber Claire hat nicht begriffen, dass er uns nur helfen wollte. Eine lebendig gewordene Statue? Das war zu viel für sie. Wir standen ganz in der Nähe der Tür, und ich konnte richtig sehen, wie es in ihr arbeitete. ›Duck dich!‹, habe ich gerufen, ›duck dich!‹, aber sie hörte nicht auf mich und ist zur Tür gerannt. Das dumme Ding ist losgerannt, und das war ihr Verhängnis.«

Ich merke erst jetzt, dass ich die Luft anhalte, und atme langsam aus. Grandma sagt die Wahrheit. Glaube ich jedenfalls. Wobei ich immer noch nicht recht weiß, ob nicht im Grunde alle Geschichten Lügen sind, und wie will man dann beurteilen, ob etwas wahr oder erfunden ist?

»Du wolltest wissen, was am 16. Januar passiert ist, ob ich Claire Smith umgebracht habe. Tja, jetzt weißt du, wie es war, und kannst entscheiden, was du davon hältst. Ich weiß ja selbst nicht, was ich davon halten soll, obwohl es schon so lange her ist. Ich versuche einfach, nicht mehr dran zu denken. Was mir auch gelungen ist. Bis heute.«

»Es war ein Unfall«, sage ich, »ein schrecklicher Unfall. Du bist keine Mörderin.«

Als sie lächelt, kräuseln sich wieder die Fältchen um ihre Augen. »Vielleicht nicht. Trotzdem hätte ich es vielleicht verhindern können. Kommt das dann nicht aufs Gleiche heraus?«

»Nein«, erwidere ich, »das finde ich nicht.«

Die ganze Zeit habe ich gedacht, dass Grandma Steinvogel auf ihre Mitschülerin gehetzt hat. Aber Steinvogel lässt sich nichts befehlen, er hat seinen eigenen Willen, und ich weiß aus eigener Erfahrung, wie schnell es passieren kann, dass man zu weit geht. Ich war sauer auf Matt und wollte ihm eins auswischen, und Steinvogel hat ihm daraufhin den Arm gebrochen. Es hätte noch viel schlimmer ausgehen können.

Trotzdem ist Grandma keine Mörderin. Jetzt schäme ich mich, dass ich sie überhaupt verdächtigt habe.

»Wird es denn irgendwann besser?«, frage ich. »Ich meine, wenn man neu an der Schule ist und so.«

»Ganz bestimmt.« Sie zwinkert mir wieder zu und tätschelt mich. »Ich glaube, das weißt du auch selbst. Sieh mal an, wir bekommen wieder Gesellschaft. Und frischen Tee! Ich hätte gern noch ein Tässchen.«

Als wir uns verabschiedet haben und ins Auto steigen, strecke ich noch mal den Kopf aus dem Fenster und schaue nach oben, und da ist er. Er sitzt auf dem Dach und hält Wache.

Steinvogels dunkler Umriss kauert in der Dämmerung.

43

Matt kommt schon am Schultor auf mich zugelaufen. »Es hat funktioniert!«, verkündet er aufgeregt. »Es hat super funktioniert! Du hast es geschafft!«

»*Wir* haben es geschafft.«

Er grinst mich an, und ich grinse zurück.

»Hast du das Ei dabei?«, fragt er dann.

Ich zeige es ihm. Die Wärme meiner Geschichte ist längst schon wieder daraus verflogen.

»Mrs Culpepper hat die Schublade gestern gar nicht geöffnet«, berichtet er. »Ich glaube, sie wollte ohne dich keinen Erzählkreis machen. Wenn du es gleich zurücklegst, merkt sie gar nichts.« Er dreht sich um und erblickt Cheesy und Joe, die am Spielplatzrand stehen und zu uns rüberschauen. »Ich geh mal lieber hin«, sagt er. »Bis gleich in der Klasse!«

Es heißt ja immer, dass unser Körper zu sechzig Prozent aus Wasser besteht, aber gerade kommt es mir vor, als würde ich zu sechzig Prozent aus Luftballons bestehen – als ob ich fliege.

Der Dämon hat so lange in Grandma gehaust, dass ich

mich schon gar nicht mehr daran erinnern konnte, wie sie vorher war, aber das macht jetzt nichts mehr. Erst habe ich ihr Tagebuch gelesen, und dann konnte ich mit ihr reden – *richtig* reden –, und sie war die ganze Zeit sie selbst.

Und Mum – ich glaube, sie hat sich große Mühe gegeben, glücklich zu sein, aber sie hat es einfach nicht hingekriegt, weil Grandma so krank war.

Vor fünf Jahren ist Daisy mal weggelaufen und war sechzehn Tage und dreizehn Stunden lang spurlos verschwunden. Ich dachte schon, ich sehe sie nie wieder, aber dann klingelte es eines Tages, und sie war wieder da. Die Frau, die sie zurückgebracht hat, hat sich darüber beschwert, dass Daisy die Mülltonnen vor ihrem Haus umgeworfen hat, aber ich habe gar nicht zugehört, so überglücklich war ich, als Daisy mit dem Schwanz gewedelt und gebellt hat und an mir hochgesprungen ist. Das Glück hat in mir gekribbelt wie lauter kleine Stromschläge.

So ähnlich muss sich Mum gestern auch gefühlt haben, nur noch tausendmal besser, denn Daisy ist zwar meine beste Freundin, aber trotzdem nur ein Hund, und Mum hat endlich ihre eigene Mutter zurückbekommen.

Als ich das Schulgebäude betrete, bin ich so in Gedanken, dass ich gar nicht merke, dass etwas nicht stimmt.

Erstens ist es viel zu still.

So still ist es morgens nie in der Klasse.

Dann, auf halbem Weg zu meinem Tisch, erblicke ich das nächste unheilverkündende Zeichen.

»Wo ist Mrs Culpepper?«, frage ich die Lehrerin, die nicht Mrs Culpepper ist.

Sie wendet mir den Rücken zu, aber als sie sich umdreht, kneift sie die Lippen zusammen und sieht mich durchbohrend an.

»Du kommst zu *spät!*«, sagt sie. »Setz dich bitte hin und stör meinen Unterricht nicht.«

Aber ich setze mich nicht hin. Ich mustere ihr verkniffenes Gesicht und die zotteligen Haare und meine eingeschüchterten Mitschüler, die reglos wie Statuen auf ihren Plätzen sitzen.

»Wo ist Mrs Culpepper?«, wiederhole ich, und Panik steigt in mir auf.

»Nicht mehr da«, erwidert die fremde Lehrerin kurz angebunden. »Du wirst mit mir vorliebnehmen müssen.«

»Setz dich hin, Liam!«, flüstert jemand neben mir, aber ich überhöre die Aufforderung. Denn in mir kocht etwas hoch, heiß und zornig und kaum zu bändigen. Was es ist, weiß ich nicht, aber eins weiß ich: Ich werde mich nicht hinsetzen. Nicht, weil diese Frau es will.

»Setz dich, Junge!«, sagt sie noch einmal.

»*Wo – ist – Mrs – Culpepper?*«, frage ich langsam und laut.

Ihr Gesicht ist bleich und angespannt, ihre Augen lächeln nicht.

Sie packt mich am Arm. Ich reiße mich los, aber ich habe immer noch das verzauberte Ei in der Hand, und es gleitet mir aus den Fingern.

Es fällt in Zeitlupe

auf den Boden

und zerbricht.

Alle Schüler schnappen entsetzt nach Luft, und ich kann nur noch denken *Bitte nicht, bitte nicht, bitte nicht.*

Auch die fremde Lehrerin tritt unwillkürlich einen Schritt zurück, und in diesem Augenblick, in dem sie kurz abgelenkt ist, habe ich eine Eingebung.

Ich renne los.

Aus dem Klassenzimmer und zum Ausgang und nach draußen. Denn Mrs Culpepper ist nicht mehr da. Ihr Ei ist zerbrochen. Und wenn das Ei zerbrochen ist, dann ist vielleicht auch meine Verbindung mit Steinvogel zerrissen.

Bitte sei da!, hämmert es in meinem Kopf. *Bitte, bitte sei da!*

Schweiß tropft mir in die Augen. Ich wische ihn im Rennen mit dem Ärmel weg, aber ich halte nicht an.

Weiter und immer weiter, bis meine Beine lahm werden. Bis sich mein Magen zusammenkrampft und ich mir die Rippen halten muss, weil ich solches Seitenstechen habe. Aber ich muss weiter! Ich spüre meine Beine schon nicht mehr, aber ich zwinge sie, in Bewegung zu bleiben.

Als ich nicht mehr rennen kann, verlege ich mich aufs Gehen, schleppe mich Meter für Meter voran.

Keuchend erreiche ich das Pflegeheim. Im selben Augenblick geben meine Beine endgültig nach, und ich falle hin. Der raue Asphalt schürft mir die Handflächen auf, es brennt scheußlich. Aber ich stehe wieder auf, lege den Kopf in den Nacken und –

Nein.

Nein!

Das Dach ist leer.

Steinvogel ist weg.

44

Keuchend und klatschnass geschwitzt stehe ich da und kann es nicht glauben.

Weg.

Er ist weg.

Und das bedeutet …

Ich laufe zum Eingang und tippe den Zugangscode in das Zahlenfeld ein. Die Frau am Empfang blickt nur kurz auf, aber alle alten Leute drehen sich nach mir um, als ich den Flur entlang zu Grandmas Zimmer renne.

Mum ist gerade da. Als ich hereingestürmt komme, springt sie erschrocken auf.

»Liam! Was machst du denn hier?! Warum bist du nicht in der Schule?«

Ihr Gesicht ist rot, feuchte Streifen ziehen sich bis übers Kinn. Ich spähe an ihr vorbei zum Bett, aber Mum fasst mich an den Schultern und schüttelt den Kopf. Neue Tränen laufen ihr übers Gesicht. Man sieht, dass sie versucht sich zusammenzureißen, aber die Tränen lassen sich nicht aufhalten.

»Liam, Schätzchen. Sie ist heute gar nicht gut beisammen«, sagt sie mit erstickter Stimme.

Ich mache mich los. »Lass mich zu ihr!«

Grandma starrt an die Decke, sieht dort offenbar irgendetwas, das ich nicht erkennen kann. Ihr Mund öffnet und schließt sich, die Lippen bilden Wörter, aber sie gibt keinen Laut von sich.

»Grandma? Ich bin's, Liam!«

Sie streckt die Hand nach meinem Gesicht aus, aber Mum zieht mich weg.

»Geh lieber nicht zu nah ran.«

Mein Mund steht offen. Ich will ihn zumachen, aber er klappt immer wieder auf. In meinem Kopf bilden sich Worte, aber sie sind zu weit weg, und wenn ich sie zu fassen bekommen will, verblassen sie. Ein Schauer überläuft mich, aber nicht, weil ich friere.

Der Dämon. Er ist wieder da, und er ist noch stärker als vorher.

Doch im selben Augenblick wird mir klar, dass das so nicht stimmt. Grandmas Blick ist leer, es funkelt nicht mehr darin. Ihre Augen sind Fenster zum Nichts. Der Dämon ist nicht nur zurückgekehrt – er hat sie restlos von innen aufgefressen und sich dann aus dem Staub gemacht.

Und uns die leere Hülle dagelassen.

Gestern hat Grandma noch gelacht und gestrahlt, uns zugezwinkert und Geschichten erzählt. Jetzt kann sie sich kaum noch bewegen.

Das ist nicht fair.

Ich begreife das einfach nicht. Wie kann jemand lebendig sein, mit Herzschlag und Atem und so weiter, und einen sogar ansehen – und dabei ist er eigentlich gar nicht mehr da?

Andererseits – ist das nicht bei allen Menschen so? Eigentlich bestehen wir doch alle nur aus Erinnerungen, die in den Körper hineingepackt sind. Und wenn diese Erinnerungen verschwinden, dann bleibt nichts mehr übrig.

45

»Heute hat Grandma nur wirres Zeug geredet«, sagt Mum ein paar Stunden später.

Wir liegen alle drei auf dem Sofa, Mum, Jess und ich. Wir kuscheln uns aneinander und lauschen auf die abendliche Stille, während das Zimmer um uns herum immer dämmriger wird und das Kaminfeuer mit rötlichem Schein herunterbrennt und uns wärmt.

»Zum Beispiel hat sie immer wieder von einem Ungeheuer gesprochen, das auf dem Dach des Pflegeheims sitzt.«

»Schräg«, sagt Jess.

»Ja, aber sie war fest davon überzeugt und ließ sich nicht davon abbringen.«

»Ihr hört euch an, als ob sie schon tot ist«, sage ich.

»Ach, Liam-Schätzchen –« Mum unterbricht sich, und die Pause fühlt sich an, als ob gleich ein Hammer zuschlägt. »Ich glaube, es dauert nicht mehr lange.«

Danach reden wir nicht mehr viel.

Ich mache die Augen zu und höre Mrs Culpepper wieder sagen: »Schöne Erinnerungen haben große Macht.«

Darum gehe ich in Gedanken noch einmal alles durch, was ich aus dem Tagebuch über Grandma weiß.

Sie mochte Kunst, Rennautos, Blumen, die Sonne und Strandspaziergänge ohne Schuhe. Und sie war stolz darauf, dass sie am gleichen Tag Geburtstag hat wie die Queen.

Das alles mochte sie und noch viel, viel mehr. Aber niemand wird es je erfahren, weil sie selbst sich nicht mehr daran erinnern kann.

Als Rory Summers aus meiner alten Schule bei einem nächtlichen Brand ums Leben gekommen war, fand am nächsten Morgen eine Versammlung in der Aula statt. Der Pfarrer kam, las aus der Bibel vor, erzählte von Rory und meinte, er würde für immer in unseren Herzen weiterleben. Und ich dachte nur: *Was für ein Quatsch.*

Man erinnert sich doch nicht mit dem Herzen!

Man erinnert sich mit dem Kopf. Und »für immer« ist sowieso Blödsinn. Da bin ich hundertprozentig sicher, denn schließlich habe ich selbst erlebt, wie der Dämon jedes Fitzelchen von Grandmas Erinnerungen aufgefressen hat, und jetzt erinnert sie sich an gar nichts mehr. Wenn das Grandma passieren kann, dann kann es auch mir passieren.

Man kann sich nicht »für immer« erinnern.

Aber versuchen kann man es.

Rory lebt in meinem Kopf weiter, und Grandma genauso. Und falls sich der Dämon tatsächlich in mir einnisten will, wenn ich mal alt bin, dann bekämpfe und besiege ich ihn. Ab heute schreibe ich jeden Tag all das in ein Heft, was Grandma gernhatte.

»Ich vergesse sie nicht«, sage ich.

Mum drückt meine Schulter – *Danke!* –, und Jess nimmt meine Hand. So bleiben wir sitzen, bis es dunkel ist, nur wir drei, mit der leise schnarchenden Daisy zu unseren Füßen.

46

Zwei Tage danach stirbt Grandma.

Eben hat sie noch pfeifend geatmet, hat sich ihr kleiner Körper noch gehoben und gesenkt – und im nächsten Augenblick hört sie einfach damit auf. Ich habe noch nie einen Toten gesehen. So still. So plötzlich. Mir wird ein bisschen übel, und ich beiße die Zähne zusammen, damit ich nicht losheule.

Mum sitzt mit verzerrtem Gesicht am Bett und weint lautlos. Jess und ich stehen hinter ihr und umarmen sie von rechts und links. Sie tupft sich mit einem schon ganz zerkrümelten Papiertaschentuch das Gesicht ab.

»Wahrscheinlich«, sie holt zittrig Luft, »wahrscheinlich ist es so am besten.«

Grandmas Gesicht hebt sich noch weißer als sonst von der blauen Bettwäsche ab.

Ihre knochigen Finger umklammern noch immer Mums Hand.

Ich muss diese Finger die ganze Zeit anschauen. So viele Tagebucheinträge, so viele Zeichnungen – aber sie werden nie mehr einen Stift halten.

Irgendwann lässt Mum Grandmas Hand los und legt sie behutsam auf die Bettdecke.

Dann stehen wir alle drei um das Bett herum, und keiner möchte als Erster rausgehen.

Die Beerdigung findet in der alten Kirche statt, das hat Grandma in ihrem Testament so angeordnet. Und rate mal, wer auch kommt.

Matt.

Er kommt mit seinem Vater. Aber stell dir vor – seine Mutter ist auch da. Sie trägt eine weiße Bluse, einen grauen Rock und eine schwarze Jacke. Ganz kurz bin ich neidisch, denn: *Warum kann sie hier stehen, und meine Grandma wird in die kalte Erde hinuntergelassen?*, aber ich verdränge den Gedanken rasch, weil die drei so glücklich aussehen. Klar sind sie auch traurig – das ist ja wohl jeder auf einer Beerdigung –, aber sie lehnen sich aneinander und wechseln liebevolle Blicke. Als Matt merkt, dass ich zu ihnen rüberschaue, kommt er zu mir und sagt hallo. Dabei gibt er sich Mühe, ein ernstes Gesicht zu machen, aber seine Augen leuchten trotzdem vor Glück.

»Tut mir echt leid, Kumpel«, sagt er. »Ehrlich.«

»Ist schon gut«, gebe ich zurück, dabei ist natürlich überhaupt nichts gut, denn Grandma ist tot, und alles war umsonst.

Nein – nicht umsonst.

Matts Mutter lächelt mir zu. Ihr goldenes Haar schimmert in der Sonne.

Nicht umsonst.

»Wie –«, fange ich an, aber Matt fällt mir ins Wort: »Das weiß niemand. Die Ärzte sagen, es ist ein Wunder. Stimmt ja auch, oder?« Er stößt mich verschwörerisch an. »Dein Gargoyle hat ein Wunder vollbracht.«

Ich sehe wieder vor mir, wie mich Mrs Culpepper über das Ei hinweg angeschaut hat.

Nutzt die Gelegenheit, solange ihr noch könnt.

»Ach übrigens, wo ist er eigentlich?«, reißt mich Matt aus meinen Gedanken. »Der Gargoyle, meine ich.«

»Keine Ahnung.«

»Wann kommst du denn wieder? Mrs Culpepper ist noch nicht wieder da, aber wenigstens sind wir die alte Farrow los. Die hatte sie ja wohl nicht alle. Die Direktorin ist in die Klasse gekommen und hat gesagt, dass Mrs Culpepper sich um ihre Mutter kümmern muss.«

»Hoffentlich ist Mrs Culpeppers Mutter nicht auch von einem Dämon besessen«, sage ich.

Und hoffentlich ist Steinvogel mitgeflogen und passt auf Mrs Culpepper auf.

Im selben Augenblick spüre ich, dass es so ist.

Als die Männer vom Friedhof Grandma in die Grube hinuntergelassen haben, fragt der Pfarrer, ob noch jemand etwas sagen möchte. Als sich sonst keiner meldet, trocknet Mum ihre Augen und hebt die Hand.

»Ich«, sagt sie und geht zu dem Tisch, der vor der offenen Grube steht. Darauf liegen Blütenblätter, die wir auf den Sarg streuen sollen, und ein Haufen Erde mit einer kleinen Schaufel drin zum gleichen Zweck.

Mum nimmt sich eine Handvoll Blütenblätter und dreht sich zu den Trauergästen um.

Ihr Mund öffnet sich, aber es kommt kein Ton heraus. Ihre Augen sind groß und voller Tränen, und sie schaut von einem zum anderen, bis die Tränen endlich fließen. Dann blickt sie erst auf die Blütenblätter in ihrer Hand und schaut dann wieder Jess, mich und die anderen Verwandten an, die wir seit Jahren nicht mehr gesehen haben.

»Ich …«, bringt sie heraus.

Aber dann weint sie nur lautlos, und man hört den Wind in den fast kahlen Bäumen rascheln.

»Ich will etwas sagen!«, verkündet eine piepsige Stimme.

Es ist meine eigene, wie ich erstaunt feststelle.

Alle sehen mich an. Manche lächeln mir ermutigend zu, und eine alte Frau mit einer großen Nase flötet: »Wie goldig!«, aber das höre ich nur wie von ganz weit weg, wie in einem Traum von einem Traum.

Meine Füße setzen sich in Bewegung und tragen mich

zu Mum hinüber. Sie trocknet sich die Augen, umarmt mich und flüstert kaum hörbar: »Danke!« Dann geht sie wieder auf ihren Platz in der vordersten Reihe der Trauergäste.

Alle sehen mich an. Der Pfarrer räuspert sich.

Ein leichter Windstoß fährt durch die Blütenblätter und wirbelt sie über den Tisch.

Doch mein Blick wird von etwas anderem angezogen. Vom Dach der Kirche. Dort sitzt etwas. Es beugt sich vor, stützt den Kopf in die Hand und beobachtet uns.

Steinvogel. Der Wundervogel. Er ist zurückgekommen!

Wer soll es sonst sein?

Aufgeregt suche ich Matts Blick. Sein breites Grinsen verrät mir, dass er Steinvogel auch sieht.

Als ich damals erfahren habe, dass Grandma dement ist, dachte ich, das ganze Leben hätte keinen Sinn mehr, denn egal, was man erlebt, man vergisst es ja doch.

Inzwischen bin ich anderer Meinung. Gut, Grandma hatte vergessen, wer sie war, aber das bedeutet nicht, dass wir es auch vergessen haben. Es bedeutet nur, dass es jetzt unsere Aufgabe ist, uns an sie zu erinnern. Deswegen war ihr Leben noch lange nicht sinnlos, sondern es ist im Gegenteil umso bedeutungsvoller.

Ich nehme mir auch eine Handvoll Blütenblätter, betrachte sie und denke an Grandma.

Und dann erzähle ich eine allerletzte Geschichte, aber sie handelt diesmal nicht von Steinvogel.

Sondern von ihr.

Damit alle sie kennenlernen. Damit alle wissen, wer sie war.

Und sich an sie erinnern können.

Meine Großmutter mochte Kunst, Rennautos, Blumen, die Sonne und Strandspaziergänge ohne Schuhe. Und sie war stolz darauf, dass sie am gleichen Tag Geburtstag hatte wie die Queen.

Danksagung

Ohne die Unterstützung folgender Personen, denen ich von ganzem Herzen danke, wäre dieses Buch nicht entstanden:

Meine Agentin Gemma Cooper, der ich *Wundervogel* gezeigt habe, als der Entwurf noch aus einem einzigen Satz bestand, und die die ganze Zeit über an meiner Seite war.

Meine Lektorin Sarah Lambert, deren Vorstellungskraft und Begeisterungsfähigkeit ich zutiefst bewundere, und das ganze Team bei Quercus.

Talya Baker, die dafür gesorgt hat, dass ich klüger wirke, als ich bin.

Und nicht zuletzt J. K. Rowling, die mir die Magie des Lesens vermittelt hat, als ich in Liams Alter war.